Nathalie Sarraute

L'usage
de la parole

Gallimard

Nathalie Sarraute a obtenu le Prix International de Littérature pour *Les Fruits d'Or*. Dès son premier livre, *Tropismes* (1939), elle était saluée par Sartre et Max Jacob. Elle est aujourd'hui connue dans le monde entier comme l'un des écrivains français les plus importants, auteur de *Portrait d'un inconnu, Martereau, L'Ère du soupçon, Le Planétarium, Entre la vie et la mort, Vous les entendez ?, « disent les imbéciles »* et de pièces : *Le Silence, Le Mensonge, Isma, C'est beau, Elle est là, Pour un oui ou pour un non.*

Nathalie Sarraute est décédée en octobre 1999.

Ich sterbe

Ich sterbe. Qu'est-ce que c'est? Ce sont des mots allemands. Ils signifient je meurs. Mais d'où, mais pourquoi tout à coup? Vous allez voir, prenez patience. Ils viennent de loin, ils reviennent (comme on dit : « cela me revient ») du début de ce siècle, d'une ville d'eaux allemande. Mais en réalité ils viennent d'encore beaucoup plus loin... Mais ne nous hâtons pas, allons au plus près d'abord. Donc au début de ce siècle — en 1904, pour être plus exact — dans une chambre d'hôtel d'une ville d'eaux allemande s'est dressé sur son lit un homme mourant. Il était russe. Vous connaissez son nom : Tchekhov, Anton Tchekhov. C'était un écrivain de grande réputation, mais cela importe peu en l'occurrence, vous pouvez être certains qu'il n'a pas songé à nous laisser un mot célèbre de mourant. Non, pas lui, sûrement pas, ce n'était pas du tout son genre. Sa réputation n'a pas ici d'autre importance que celle d'avoir permis que ces mots ne se perdent pas, comme ils se seraient perdus s'ils avaient été prononcés par n'importe qui, un mourant quelconque. Mais à cela se borne son importance. Quelque chose d'autre aussi importe. Tchekhov, vous le savez, était médecin. Il était tuberculeux et il était venu là, dans cette ville d'eaux, pour se soigner, mais en réalité, comme il l'avait confié à des amis avec cette ironie appliquée à lui-même, cette féroce modestie, cette humilité que nous lui connaissons, pour « crever ». « Je pars crever là-bas », leur avait-il dit. Donc il était médecin, et au dernier moment, ayant auprès de son lit sa femme d'un côté et de l'autre un médecin allemand, il s'est dressé, il s'est assis, et il a dit, pas en russe, pas dans sa propre langue, mais dans la langue de l'autre, la langue allemande, il a dit à voix haute et en articulant bien « Ich sterbe ». Et il est retombé, mort.

Et voilà que ces mots prononcés sur ce lit, dans cette chambre d'hôtel, il y a déjà trois quarts de siècle, viennent... poussés par quel vent... se poser ici, une petite braise qui noircit, brûle la page blanche... Ich sterbe.

Sage. Modeste. Raisonnable. Toujours si peu

exigeant. Se contentant de ce qu'on lui donne... Et il est si démuni, privé de mots... il n'en a pas... ça ne ressemble à rien, ça ne rappelle rien de jamais raconté par personne, de jamais imaginé... c'est ça sûrement dont on dit qu'il n'y a pas de mots pour le dire... il n'y a plus de mots ici... Mais voilà que tout près, à sa portée, prêt à servir... avec cette trousse, ces instruments... voilà un mot de bonne fabrication allemande, un mot dont ce médecin allemand se sert couramment pour constater un décès, pour l'annoncer aux parents, un verbe solide et fort : sterben... merci, je le prends, je saurai moi aussi le conjuguer correctement, je saurai m'en servir comme il faut et sagement l'appliquer à moi-même : Ich sterbe.

Je vais, moi-même, opérer... ne suis-je pas médecin aussi ?... la mise en mots... Une opération qui va dans ce désordre sans bornes mettre de l'ordre. L'indicible sera dit. L'impensable sera pensé. Ce qui est insensé sera ramené à la raison. Ich sterbe.

Ce qui en moi flotte... flageole... vacille... tremble... palpite... frémit... se délite... se défait... se désintègre... Non, pas cela... rien de tout cela... Qu'est-ce que c'est ? Ah voilà, c'est ici, ça vient se blottir ici, dans ces mots nets, étanches. Prend leur forme. Des contours bien tracés. S'immobilise. Se fige. S'assagit. S'apaise. Ich sterbe.

Entraîné, emporté, essayant de me retenir, m'accrochant, me cramponnant à ce qui là, sur le bord, ressort, cette protubérance... pierre, plante, racine, motte de terre... morceau de terre étrangère... de la terre ferme : Ich sterbe.

Personne arrivé jusque-là où je suis n'a pu... mais moi, rassemblant ce qui me reste de forces, je tire ce coup de feu, j'envoie ce signal, un signe que celui qui de là-bas m'observe reconnaît aussitôt... Ich sterbe... Vous m'entendez ? Je suis arrivé tout au bout... Je suis tout au bord... Ici où je suis est le point extrême... C'est ici qu'est le lieu.

Ich sterbe. Un signal. Pas un appel au secours. Là où je me trouve il n'y a pas de secours possible. Plus aucun recours. Vous savez comme moi de quoi il retourne. Personne mieux que vous ne sait de quoi je parle. Voilà pourquoi c'est à vous que je le dis : Ich sterbe.

A vous. Dans votre langue. Pas à elle qui est là aussi, près de moi, pas dans notre langue à nous. Pas avec nos mots trop doux, des mots assouplis, amollis à force de nous avoir servi, d'avoir été

14

roulés dans les gerbes jaillissantes de nos rires quand nous nous laissions tomber sans forces... oh arrête, oh je meurs... des mots légers que le cœur battant de trop de vie nous laissions glisser dans nos murmures, s'exhaler dans nos soupirs... je meurs.

Que dis-tu, mon chéri, mais tu ne sais pas ce que tu dis, il n'y a pas de « je meurs » entre nous, il n'y a que « nous mourons »... mais ça ne peut pas nous arriver, pas à nous, pas à moi... tu sais bien comme tu te trompes quand tu vois tout en noir, quand tu as tes moments de désespoir... et tu sais, nous savons, nous avons toujours vu, toi et moi, comme, après, tout s'arrange... bon, bon, oui, je t'entends... mais surtout ne te fatigue pas, ne t'excite pas comme ça, ne t'assois pas... ce n'est pas bon pour toi... là, là, oui, je comprends, oui, tu as mal... oui, c'est pénible... mais ça va passer, tu verras, comme toutes ces crises les autres fois... mais surtout recouche-toi, ne bouge pas, sois calme...

Non, pas nos mots à nous, trop légers, trop mous, ils ne pourront jamais franchir ce qui maintenant entre nous s'ouvre, s'élargit... une béance immense... mais des mots compacts et lourds que n'a jamais parcourus aucune vague de gaieté, de volupté, que n'a jamais fait battre aucun pouls, vaciller aucun souffle... des mots

15

tout lisses et durs comme des pelotes basques, que je lui lance de toutes mes forces, à lui, un joueur bien entraîné qui se tient placé au bon endroit et les reçoit sans flancher juste là où ils doivent tomber, dans le fond solidement tressé de sa chistera.

Pas nos mots, mais des mots de circonstance solennels et glacés, des mots morts de langue morte.

Depuis des années, des mois, des jours, depuis toujours, c'était là, par-derrière, mon envers inséparable... et voici que d'un seul coup, juste avec ces deux mots, dans un arrachement terrible tout entier je me retourne... Vous le voyez : mon envers est devenu mon endroit. Je suis ce que je devais être. Enfin tout est rentré dans l'ordre : Ich sterbe.

Avec ces mots bien affilés, avec cette lame d'excellente fabrication, elle ne m'a jamais servi, rien ne l'a émoussée, je devance le moment et moi-même je tranche : Ich sterbe.

Prêt à coopérer, si docile et plein de bonne volonté, avant que vous ne le fassiez, je me place où vous êtes, à l'écart de moi-même, et de la même façon que vous le ferez, dans les mêmes termes que les vôtres j'établis le constat.

Je rassemble toutes mes forces, je me soulève, je me dresse, je tire à moi, j'abaisse sur moi la dalle, la lourde pierre tombale... et pour qu'elle se place bien exactement, sous elle je m'allonge...

Mais peut-être... quand il soulevait la dalle, quand il la tenait au-dessus de lui à bout de bras et allait l'abaisser sur lui-même... juste avant que sous elle il ne retombe... peut-être y a-t-il eu comme une faible palpitation, un à peine perceptible frémissement, une trace infime d'attente vivante... Ich sterbe... Et si celui qui l'observait, et qui seul pouvait savoir, allait s'interposer, l'empoigner fortement, le retenir... Mais non, plus personne, aucune voix... C'est déjà le vide, le silence.

Ce ne sont là, vous le voyez, que quelques légers remous, quelques brèves ondulations captées parmi toutes celles, sans nombre, que ces mots produisent. Si certains d'entre vous trouvent ce jeu distrayant, ils peuvent — il y faut de la patience et du temps — s'amuser à en déceler d'autres. Ils pourront en tout cas être sûrs de ne pas se tromper, tout ce qu'ils apercevront est bien là, en chacun de nous : des cercles qui vont s'élargissant quand lancés de si loin et avec une telle force tombent en nous et nous ébranlent de fond en comble ces mots : Ich sterbe.

A très bientôt

Où va-t-il, celui-là, plein d'ardeur et d'allant ?
Voyez-le traversant en toute hâte la chaussée sans
prendre garde aux signaux, il est tellement pressé,
il déteste tant faire attendre... surtout un ami, et
un ami pareil, toujours si délicat, si prévenant.
Justement il est déjà là... J'espère que vous venez
d'arriver, je suis bien à l'heure, n'est-ce pas ? —
Oui oui, ne vous inquiétez pas, c'est moi aujour-
d'hui qui suis en avance. Alors quoi de bon, alors
quoi de neuf depuis la dernière fois ? Ah, et
d'abord qu'est-ce qu'on commande ?

Réunis par leur goût commun pour ce cadre
modeste, mais vivant, mais très doux, pour ce
menu simple mais de qualité excellente, laissant
cette union se corser par de légères différences...
Non ça, moi, je n'aime pas tellement... Non, ce
n'est pas que je n'aime pas ça, mais en ce
moment... et puis dépliant leur serviette, se
rejetant un peu en arrière pour mieux se voir... et

aussitôt le flot de paroles jaillit. De la bouche duquel ? Mais de celui-ci qui bondissait à travers la chaussée, faisait tourner impatiemment le tambour de la porte et se précipitait dans la travée comme si déjà leur pression en lui était trop grande, comme s'il devait au plus vite se décharger... Mais de quels mots ? Quels mots étaient déjà en lui ? Il n'en sait rien, il n'y avait rien de tout prêt, rien de précis, juste de vagues schémas, des bribes de projets, il se laisse toujours conduire par l'inspiration du moment. Lui, celui qui courait, lui qui a attiré notre attention. Lui seul — pas l'autre. Pourquoi ? Parce que c'est de lui que le flot de paroles irrésistiblement s'échappe...

Rien de plus banal pourtant que ce que ce flot charrie... événements, nouvelles inédites, secrètes, articles, anecdotes, opinions, prévisions, expositions, films, pièces de théâtre, concerts, romans... on dirait qu'installé à bord d'un satellite d'où il observe la terre entière, il envoie à l'autre des signaux que l'autre enregistre, et auxquels à son tour par quelques signes brefs — paroles, hochements de tête, sourires ou rires — il répond, encourageant la performance... Alors pourquoi porter à cet échange tant d'attention ? Qu'y a-t-il à chercher dans ces signes d'une lecture si simple ? Chaque parole est de celles qui « disent bien

ce qu'elles veulent dire » : elles ramènent fidèlement ce qu'elles sont allées recueillir et le présentent revêtu de leur forme, de l'uniforme, de la
tenue que la coutume exige que cela porte dans
toutes les franches, confiantes, amicales conversations. Alors pourquoi? Eh bien parce qu'il y a
quelque chose... pas dans ce que ces paroles
rapportent, non, mais il y a quelque chose d'un
peu étonnant... peut-être dans leur débit... Un
débit précipité? Non, leur cours paraît assez
paisible. C'est plutôt le volume, la longueur de
leur flot qui surprend. Et aussi sa direction. Il
s'écoule presque toujours dans le même sens, de
celui-ci, qui pour cette seule raison nous occupe,
vers l'autre.

Mais vous perdez déjà patience, vous vous
apprêtez déjà à vous débarrasser de tout cela, à
jeter cela à la poubelle, enfermé dans un de ces
sacs fabriqués tout exprès : un flot de paroles de
« bavard intarissable », d' « amoureux éperdu »,
d' « inférieur faisant sa cour », de « généreux
bienfaiteur »... rien là d'intéressant, rien qui
mérite qu'on le conserve. Mais ne pensez-vous
pas que j'aurais moi-même mis au rebut quelque
chose d'aussi éculé? Seulement il se trouve que ce
bavard si généreux est silencieux, avare de paroles en d'autres circonstances, qu'il n'est en rien un
inférieur et qu'il n'est aucunement amoureux.

Alors faites-moi encore un peu confiance, nous arrivons à ce dernier moment où, debout l'un en face de l'autre sur le trottoir, ils se serrent la main longuement et avec force, se promettant de bientôt, très bientôt... et là se produit quelque chose d'assez surprenant : celui des deux qui a le plus parlé, à en être épuisé, sent au moment où ils vont se séparer comme une faim inassouvie, comme un manque... quelque chose n'a pas abouti, quelque chose est resté en suspens, il faut absolument... Prenons rendez-vous tout de suite, pourquoi attendre ? — Très bien, moi je veux bien... — Donc comme toujours... au même endroit, à la même heure... — Oui, dans quinze jours...

Et quinze jours après, tout recommence. Le même flot de paroles, et chez celui qui le déverse, à la fin le même sentiment d'inachèvement, d'arrachement...

Ici il faut nous arrêter... Il nous faut constater que toutes les conditions sont réunies pour qu'il soit permis de penser que nous sommes en présence de la rencontre de deux amis... Mais attendez avant de vous moquer... avant de me lâcher... Où sont-ils, ces amis ? Où sommes-nous avec eux ? Nous nous trouvons à l'intérieur de ce monument qui porte gravé sur son fronton...

disons « en lettres d'or » pour souligner son caractère éminemment respectable, imposant... qui porte donc gravé en lettres d'or au-dessus de l'entrée son nom : Amitié. C'est, vous le savez, une institution d'où l'on ne peut sortir sans un laissez-passer délivré uniquement pour de solides raisons... Le flot de paroles épuisant? Ça une raison valable? Vous voulez rire... parlez moins, si cela vous fatigue... Qui vous force? — Me force? Non... qui me force? — Soyez sincère, ce qui vous incite à tant parler c'est cette rare qualité que possède votre ami de savoir écouter... Peu de pensionnaires de notre institution répondent mieux que vous deux aux exigences requises : parfaite égalité, même niveau, même milieu, mêmes intérêts, mêmes goûts, mutuelle attraction... Qui mieux que vous remplit toutes les conditions prévues par nos statuts? Donc aucune permission de sortir ne peut être envisagée. Avouez que vous seriez le premier à la refuser, si vous deviez vous en délivrer une à vous-même...

En présence d'une telle situation, ne sommes-nous pas amenés à penser, sachant ce qui arrive parfois à ceux qui sont ainsi enfermés dans ces sortes d'établissements qui se nomment « Amitié ». Ou « Amour ». Ou « Amour maternel, paternel ». Ou « Amour filial ». Ou « Amour fraternel »... je vous en prie, surmontez votre répulsion devant tant de froideur, de cynisme... vous savez bien comme moi qu'il peut leur arriver, à ceux qui sont ainsi retenus sans pouvoir présenter, pour obtenir la permission de sortir, aucune raison, même à leurs propres yeux aucune raison recevable... il arrive que pour se punir de s'être laissé enfermer, de vouloir s'en aller, pour renchérir encore sur leur implacable sort... oui, comme font dans les camps ces détenus qui, tournant leur fureur contre eux-mêmes, se mutilent... n'est-il pas possible de penser que de la même façon l'ami qui parle tant le fait pour se châtier... et qu'à bout de forces, tout vidé, avili, devenu enragé il supplie qu'au plus vite la séance recommence? Reconnaissons que c'est là une assez tentante construction.

Malheureusement il est certain que celui d'où le flot de paroles irrésistiblement coule est aujourd'hui comme chacun de nous bien renseigné sur toutes ces autopunitions et ces mutilations et qu'il est donc très peu probable qu'il n'ait pas depuis longtemps pris conscience d'une pareille contrainte, d'une telle souffrance. Or justement — et c'est ce qui le rend si attachant — il n'y a rien en lui, rien d'autre, on aurait beau l'interroger, il aurait beau chercher, rien que le désir ardent, fervent de bien entretenir, de toujours embellir ce trésor inestimable qu'il a la chance de posséder, ce modèle d'amitié.

Si nous lui demandions de nous parler des qualités que possède un ami si parfait, il ne saurait pas nous répondre... il les perçoit toutes globalement, il n'a jamais songé à les dénombrer, à les nommer, il n'a jamais pris le recul néces-saire... on ne peut pas juger ce dont on se sent si près, avec quoi on se fond, avec ce qui en amour comme en amitié s'appelle si bien « un autre moi-même »...

Donc ainsi d'année en année aurait coulé entre les deux amis, toujours dans le même sens, le même flot de paroles. Seule la mort l'aurait tari, et rien probablement n'en aurait jamais, même pour un temps, suspendu le cours, si un beau jour, au hasard d'une conversation frivole, quel-qu'un du dehors, sans savoir ce qu'il faisait, n'avait, en présence de l'ami bavard, fait tomber sur l'ami silencieux cette remarque : « Oui, je le connais depuis assez longtemps. Il m'a toujours un peu agacé. Je ne m'en suis jamais trop rapproché. Je fuis toujours les gens comme lui, les orgueilleux... »

Et d'un seul coup... le coup de pioche perçant la paroi d'une galerie de mine bloquée... l'air, la lumière se répandent... il reprend connaissance, il se dresse, il regarde... Que s'est-il passé ? Que m'est-il arrivé? Où suis-je?... la petite salle familière du restaurant s'est étirée, elle est devenue immense, elle s'est recouverte d'un épais tapis, et tout au bout derrière la table est assis chamarré de décorations, m'observant, tandis que vers lui je m'avance portant les présents que je lui rapporte du monde entier... cela et encore cela... l'accepterez-vous? Est-ce digne, à la hauteur de votre goût, de votre culture, de votre jugement?... daignez le regarder... et puis tout se rétrécit, revient aux dimensions de la salle de restaurant où derrière la table étroite en face de moi, sur la chaise qu'il occupe modestement, m'ayant comme toujours cédé la meilleure place, mon ami me regarde un peu surpris... j'ai dû avoir « un moment d'absence », mais c'est passé... mais ce n'était rien... et le voilà rassuré... le voilà qui rit, il n'y a rien que j'aime autant que d'entendre son rire, un rire si contagieux, il me fait rire, moi aussi, jusqu'aux larmes.

Après cette brève interruption, le flot de paroles reprend son cours. Et puis voilà qu'un autre beau jour notre parleur rencontre une autre connaissance commune, moins éloignée, cette fois, de lui-même et de son ami... Une de celles justement à qui il lui arrive assez souvent de faire appel quand il perçoit que la conversation anémiée par l'abus de sujets trop arides, trop abstraits ou élevés, a besoin pour se fortifier du sang frais d'un sujet bien vivant. Et il se trouve que ce sujet vivant, quand il l'amène sur le tapis, produit chez son ami comme un mouvement de retrait... un recul... sur son visage une moue légèrement méprisante se dessine... son silence s'alourdit comme s'imprégnant d'antipathie... parfois il laisse échapper quelques-unes de ces réflexions qu'on qualifie de désobligeantes... « Décidément vous ne l'aimez pas... — Non, à vrai dire pas trop... — Mais pourquoi, je me le demande... — Oh je ne sais pas... pour rien de précis... » C'est même, vous vous en doutez, cette faculté qu'il possède de provoquer ces réactions et d'offrir ainsi la possibilité d'exciter, d'amuser davantage qu'un autre à ses dépens, qui fait de lui dans la conversation des deux amis un sujet de prédilection.

Et ici se produit quelque chose d'assez surprenant. Le « sujet vivant » tant exploité, l'involontaire donneur de sang révèle au cours de cette rencontre que non seulement il ne se doute aucunement de son rôle, de la nature des services qu'il rend, mais qu'il se croit aimé et apprécié pour de toutes autres et flatteuses qualités par leur ami commun... « un être si retenu, si pudique... il n'aime pas étaler ses sentiments, mais j'ai toujours senti son amitié pour moi, elle me touche beaucoup, et d'ailleurs je la lui rends bien. J'y tiens énormément... ».

Qu'y a-t-il donc là qui puisse surprendre ? Rien là, bien sûr, mais attendez... Voici que l'innocent se met à s'épancher, se laisse petit à petit aller aux confidences et révèle quelque chose qu'il ne peut pas s'expliquer... qui ne lui arrive jamais avec personne... un besoin de parler sans arrêt, de distraire, d'intéresser... chaque fois, même avant de le retrouver il sent monter en lui un flot de paroles qu'il a hâte de déverser... Vous devriez me voir quand je vais le rejoindre... je traverse la chaussée sans prendre garde aux signaux... c'est tout juste si je ne cours pas, quand je vois qu'il est déjà là à notre table, en train de m'attendre... Et au moment de le quitter, c'est comme un manque, comme un déchirement... il faut absolument qu'il me donne l'assurance que nous nous reverrons bientôt, je veux qu'on fixe une date tout de suite... j'ai envie, j'ai besoin que bientôt tout recommence...

« Stupeur » est le mot qui sert à désigner grossièrement ce que ces paroles produisent en celui qui, n'en croyant pas ses oreilles, les entend et, n'en croyant pas non plus ses yeux, voit dans l'autre sa propre image, vers laquelle, tel Narcisse, il se tend... il se voit, oui, c'est lui-même courant, parlant, serrant la main, sollicitant... « Mais c'est moi. C'est de moi que vous parlez. Je suis exactement comme vous... Nous sommes pareils... logés à la même enseigne... » A la même enseigne?... Qu'a-t-il dit? Où l'a conduit cette expression dont il s'est servi machinalement? Où? il ne voit pas... tout se brouille...

Mais là, comme d'un écheveau emmêlé, un fil sort... il tire dessus... ce même besoin de parler, cette même hâte, cette même anxiété... ne serait-ce pas chez moi... comme chez lui... non, impossible... il lâche, il perd le fil... et puis courageusement le retrouve... le ressaisit. Oui, comme lui, moi comme lui, tout pareil, un naïf touchant de jobardise, d'aveuglement, une bonne bête, un donneur de sang... il tire encore plus fort et tout l'écheveau se dévide... il crie : Je suis comme vous, exactement comme vous, et vous savez ce que je découvre, vous savez ce que je crois : notre ami que nous aimons tant, il ne... eh bien, c'est clair, il ne m'aime pas.

Et aussitôt chez l'autre cet acquiescement, si rapide, sans une hésitation... dans son regard cet encouragement, presque ce soulagement... ah enfin tu as vu, tu as trouvé enfin... et puis son regard se ferme, se tourne au-dedans de lui-même et il est visible qu'en lui aussi s'opère ce mouvement pour démêler... pour dénouer... encore un effort... et d'un seul coup les fils se dévident... il crie à son tour, sa voix a un son triomphant : Moi aussi j'ai trouvé, tout est clair pour moi aussi, la vérité est qu'il ne nous aime pas !

Cette découverte qui ne pouvait manquer d'avoir pour nos deux parleurs une importance, des conséquences qu'il est facile d'imaginer, pour nous a l'intérêt de nous faire voir tout à coup ce flot de paroles qui nous fascine, sous d'assez curieux et imprévisibles aspects...

Des paroles — ondes brouilleuses...

Des paroles — particules projetées pour empêcher que grossisse dans l'autre... pour détruire en lui ces cellules morbides où son hostilité, sa haine prolifère...

Des paroles — leucocytes que fabrique à son insu un organisme envahi de microbes...

Des paroles déversées par tombereaux, sans répit, pour assécher des marécages...

Des paroles — alluvions répandues à foison pour fertiliser un sol ingrat...

Des paroles meurtrières qui pour obéir à un ordre implacable répandent sur la table des sacrifices le sang d'un frère égorgé...

Des paroles porteuses d'offrandes, de richesses ramenées de la terre entière et déposées sur l'autel devant un dieu de la mort assis au fond du temple, dans la chambre secrète, la dernière chambre...

Mais où ne peut-on parfois être entraîné, porté par le cours d'une conversation familière, toute banale, à la table d'un restaurant où se retrouvent régulièrement pour déjeuner ensemble deux amis.

Et pourquoi pas ?

Voici deux autres interlocuteurs. Encore ce genre d'amis ? Non, des interlocuteurs quelconques, qui échangent des propos comme tous ceux qu'on échange... ils discutent d'événements, ils émettent des opinions... rien de plus banal... Mais il faut, ici aussi, encore un peu de patience.

Celui qui parle vient, comme cela se fait dans une conversation, d'évoquer... mettons, un fait et d'en tirer des conséquences, de faire part d'un raisonnement... Sur quel ton ? Oui, le ton, c'est bien vrai, a une grande importance. « C'est le ton qui fait la musique », disait un vieux dicton... Mais il n'y a rien de particulier à relever dans son ton. C'est un ton sérieux, qui marque la réflexion, qui porte la trace de la conviction, le ton de quelqu'un qui s'adressant à quelqu'un d'autre pense que ce qu'il vient de dire mérite une réponse. Il se tait donc pour la laisser venir et avec confiance il l'attend.

Et elle ne vient pas ? Mais si, on est entre gens qui connaissent les règles de la conversation. Elle vient. Et l'intérêt est dans la réponse ? Oui, l'intérêt commence là.

Celui qui la reçoit, aussitôt, comme il se doit, l'examine, et elle le surprend. Serait-il de ceux habitués à ce qu'on prenne tout ce qu'ils disent pour de l'argent comptant et qu'étonne la contradiction ? Non, pas du tout. Il est de ceux justement qui ont du goût pour la libre et franche discussion. Il est bon joueur et toujours prêt à accepter de se laisser convaincre qu'il se trompe. Il aime « communiquer », il se livre volontiers sans chercher d'abord à savoir à qui il a affaire, et, à la différence des gens de qualité qui dédaignaient de se battre contre des roturiers, il engage aisément avec le premier venu ce qui se nomme un combat d'idées.

Donc il adresse à l'autre des paroles chargées de lui porter une idée, un raisonnement, il attend qu'elles aient touché leur but, puis examine celles que l'autre lui envoie en réponse...

Mais quelles sont ces paroles qu'il envoie ? Qu'il reçoit ? Vous voudriez le savoir. Mais je ne peux pas vous les citer, pour la bonne raison que je ne les connais pas... et croyez-moi, c'est mieux ainsi, car si je vous les citais vous ne manqueriez pas de vous y attacher aussitôt, et moi avec vous, de prendre part, de prendre parti, et ainsi de lâcher la proie pour l'ombre... car la proie pour nous ne se trouve pas dans la validité de telle ou telle idée... la proie... mais n'anticipons pas...

Donc la réponse arrive et ce qu'elle a d'étrange... Mais c'est un tort de dire : la réponse. Car les réponses qui présentent ce même caractère d'étrangeté sont légion. Leur variété, leur abondance sont telles qu'elles m'obligent à n'en donner que quelques exemples. Vous pourrez aisément, si vous y consentez, en ajouter ou en substituer d'autres retrouvées parmi celles que vous possédez... Qui d'entre nous n'en a mis de côté dans ce fonds sans fond que nous n'avons jamais le loisir ni le désir d'inspecter, d'inventorier et dont pourtant se nourrit notre existence...

Voici donc, choisi un peu au hasard, un modèle de réponse. Celui qui la reçoit l'examine, étonné, il la tourne et la retourne... Non vraiment, je ne vois pas... quel rapport... ce n'est pas du tout ça que je disais... et tout à coup il le reconnaît, mais si grossi, si déformé... Ah ça ? Mais c'est un petit détail, ce n'est rien, vous lui donnez trop d'importance, c'est tout à fait sans conséquence... c'est l'effet chez moi d'une inattention, d'une négligence... regrettable, je vous l'accorde, mais ça ne change rien à l'essentiel, il ne s'agit pas de ça... Je crois que vous n'avez pas bien saisi... Ou plutôt non, il ne peut pas dire ça, pas lui... c'est sa faute à lui, bien sûr, il va la réparer, ce n'est pas la bonne volonté qui lui manque... Je crois que je me suis mal fait entendre... ce que je voulais dire... et le voici s'efforçant, cherchant à rendre ce qu'il va envoyer, cette fois plus net, plus lisse, sans impureté, sans minuscule protubérance, aucune faille, rien qui puisse accrocher, qui puisse être détaché, grossi, enflé... et de toutes ses forces visant le mieux qu'il peut le but invisible mais certain que cela doit toucher, il le lance... et de nouveau il attend...

Et cette fois ? Cette fois il peut arriver que de cette impeccable construction, de cette parfaite circonférence que forme ce qu'il a envoyé, il peut arriver que contrairement à toute attente, au cours de son atterrissage là-bas quelque chose... l'expression est là pour nous servir... quelque chose, on ne peut mieux dire, s'est échappé par la tangente... et a filé très loin... et lui pour le rattraper court, s'égare... revient haletant, n'ayant rien trouvé, gémissant... Non vraiment, là on s'écarte complètement, là n'est pas la question... Et l'autre alors...

Mais comme je vous le disais, nous n'avons que l'embarras du choix... l'autre... se ferme et oppose à ce qui lui est présenté ce qui s'appelle « une fin de non-recevoir »... il n'est pas d'accord du tout, il ne trouve pas... Et puis, comme malgré lui, comme si elles étaient aspirées, tirées par une si énorme attente, précédées même parfois de ce petit bruit... vous le connaissez... qu'on fait, comme pour leur frayer un chemin, en chassant l'air de son arrière-nez... km, km... des paroles sortent... qui aussitôt chez l'amateur des libres et franches discussions déclenchent la mobilisation de toutes ses facultés de réflexion... elles se déploient pour bien entourer, examiner avec tout le sang-froid, tout le désintéressement, toute l'intégrité de jugement possibles... et puis non, décidément, il faut être juste, une pichenette le bouscule, ça s'effondre... non vraiment, vous ne pouvez pas soutenir ça sérieusement... ça ne tient pas debout.

Et l'autre, toujours imperturbable, avance un argument qui produit cette sensation qu'éprouve dans ce fameux cauchemar le joueur de cartes abattant un as d'atout et voyant son partenaire le couvrir d'un deux de trèfle et ramasser tranquillement la mise... il s'agite, il proteste... Mais voyons, vous ne pouvez pas, je ne comprends pas comment vous pouvez soutenir ça... non, là vous trichez, vous n'avez pas le droit...

Et puis... mais on n'en finirait pas... juste ceci pourtant, juste ce petit joyau pour ceux qui ne pourraient pas le retrouver dans leurs réserves...

un vrai trésor quand on sait le présenter en le mettant bien en valeur, avec sur le visage, dans le ton une expression de « désarmante naïveté », juste ce petit mot : « Pourquoi ? » qui déclenche un flot agité d'explications, de démonstrations, de justifications...

Et aussi, je m'en voudrais de ne pas partager avec vous deux autres mots précieux : « Pourquoi pas ? », deux mots, ou plutôt trois : « Et pourquoi pas ? », le « Et » donnant aux deux suivants une impulsion qui augmente considérablement leur puissance. « Et pourquoi pas ? » Des mots qui ont ce pouvoir de se glisser sous un argument de poids, une objection écrasante, de la soulever, de la faire voltiger, insaisissable, inconsistante, et celui qui l'a avancée, pour la rattraper se tend, s'étire, bondit...

Pourquoi ? C'est vous maintenant qui reprenez ce mot... mais pas pour en faire le même usage, les mots dont vous faites suivre votre « pourquoi » me rassurent aussitôt. Pourquoi ? demandez-vous, pourquoi fait-il ça ? Pourquoi ces efforts, cet acharnement ? Ne voit-il donc pas que l'autre se paie sa tête ?

« Se paie sa tête »... comme c'est bien venu. Quelle aide peuvent apporter parfois ces expressions toutes faites quand elles surgissent au bon moment... quelle lumière inespérée celle-ci projette... comme elle fait ressortir clairement ce qui se dessinait à peine dans l'ombre. Il ne voit pas que l'autre se paie sa tête parce qu'il n'a pas conscience d'avoir une tête et que l'autre, il ne le voit pas.

Ce qu'il voit, ce qu'il perçoit, et il ne perçoit que cela, c'est le sens des paroles qu'il reçoit ou qu'il lance... leur sens seul le fascine, c'est sur lui qu'il se jette, qu'il s'acharne. Il est pareil au taureau qui ne voit que la couleur, elle seule, qui devant lui se déploie, ondule, se dérobe, revient... c'est sur elle que secouant ses banderilles et ruisselant de sang inlassablement il fonce... un taureau « noble », qui ne voit que la couleur pure et jamais l'homme qui agite la muleta...

Jusqu'à ce qu'enfin... et c'est vers ce dénouement que tendait toute cette histoire... jusqu'à ce que l'amateur de débats, de combats d'idées, les perdant de vue un instant... peut-être a-t-il fini par s'épuiser ou peut-être son partenaire a-t-il commis une maladresse, s'est-il laissé aller à trop de désinvolture, de brutalité... peu nous importe, ce qui est important, c'est que, lâchant l'idée, il perçoit soudain... et ce qu'il perçoit, aucun mot ne se présente à lui pour le dire, il n'a pas le temps de le décrire... cela s'abat sur lui d'un seul coup, en un seul bloc... et nous devons, si nous voulons nous rapprocher de ce qu'il perçoit, de ce qu'il ressent, nous servir de mots inadéquats enchaînés les uns aux autres dans de lourdes phrases... il voit en face de lui son semblable, doté d'un même cerveau, capable de se servir d'un même langage, transformé... comment ne s'en était-il pas aperçu?... en un être inconnu... Ce qui s'en dégage produit cette sensation qu'on éprouve devant le regard vide et fixe d'un fauve ou le rictus figé d'un maniaque, d'un dément...

Sur cet être les paroles chargées de sens, lourdes d'idées n'ont plus prise... elles ne « prennent » plus. Nul lieu où se poser, plus de terrain d'atterrissage... comme dans l'apesanteur elles flottent, volettent... son regard de fauve, de maniaque les observe, il les attrape, les presse, les écrase, leur sens gicle, s'éparpille, et il écoute ravi le bruit que font en tombant, renvoyées par lui là-bas, leurs enveloppes flasques... les paroles que lui-même produit ne sont que des simulacres, il les emplit de faux-semblants, de faux-fuyants, il en fait des attrapes, il s'en sert pour faire des niches, des farces, de bonnes blagues, quand il a la chance de trouver devant lui quelqu'un comme celui-ci, qui s'y prête si bien, qui « marche » à tous les coups.

Il serait rassurant de découvrir, dissimulée

quelque part en lui, une idée, une croyance qu'au moyen de ces subterfuges et de ces jeux il chercherait à protéger, à défendre... une conduite propre aux êtres humains et connue sous le nom de « mauvaise foi ».

Mais il n'y a ici, c'est évident, aucune foi, mauvaise ou bonne, aucune foi d'aucune sorte.

Rien que le bon plaisir, rien que le désir de s'amuser, de satisfaire une fantaisie quelconque, un caprice du moment. Rien que la frivolité, la gratuité pures... Une légèreté qui donne le vertige... le filet tissé d'idées, de raisonnements qui enserrait, contenait le monde, un coup de pied, un coup de griffe le déchire, tout se défait, s'échappe, s'écoule... le cœur vous manque...

On devrait pouvoir dire « le cerveau vous manque »... et on le dirait, et même on trouverait sûrement une expression plus juste, plus élégante, si on était quelques-uns à s'occuper de moments comme celui-ci où se produisent des bouleversements de cet ordre... Mais qui cela intéresse-t-il ? Tout le monde est bien trop occupé à ressasser sans fin les mêmes ébranlements, les mêmes grands et petits sentiments, sensations, émotions, joies et souffrances... Inutile de chercher, cela ne se trouve sur aucune liste. Aucune nomenclature de nos expériences ne le mentionne, on n'en trouvera nulle part aucune description, personne n'y fait jamais allusion... et pourtant cela devrait être reconnu et même, par sa violence, par ses lointaines et graves conséquences, cela mériterait d'être classé dans un assez bon rang.

Ton père. Ta sœur

« Si tu continues, Armand, ton père va préférer ta sœur. »

Écoutez-les, ces paroles... elles en valent la peine, je vous assure... Je vous les avais déjà signalées, j'avais déjà attiré sur elles votre attention. Mais vous n'aviez pas voulu m'entendre... il n'est pires sourds... Non, pas vous ? Vous vous les rappelez ? J'avoue que c'est là pour moi une vraie surprise, vraiment je ne m'y attendais pas... Mais il faut tout de même, pardonnez-moi, que j'y revienne, je dois absolument les reprendre encore une fois.

Faut-il être à court... cela j'ai quelques bonnes raisons de penser que vous le direz... faut-il être à court pour rabâcher ainsi, pour inlassablement ressasser... Mais vous vous trompez, je peux être à court, c'est vrai, devant une si grande abondance, devant un tel embarras du choix. Oui, à court de moyens, et c'est un manque qui peut devenir parfois exaspérant, insupportable.

Non, c'est plutôt que je me sens, cette fois, un peu coupable. J'avais trop compté, quand j'avais évoqué ces paroles sur ce pouvoir qu'elles ont, sur cette magie qu'elles ne devraient pas manquer, par leur seule apparition, d'exercer... ou, peut-être n'ai-je pas pu, au milieu de sollicitations de toute sorte, les laisser me retenir plus longtemps, faire pour elles plus d'efforts. Mais cette fois-ci rien ne presse. Là où nous nous trouvons maintenant des paroles telles que celles-ci occupent le centre. Elles sont ici le centre de gravité. C'est vers elles et vers elles seules que tout converge.

Donc les voici de nouveau : « Si tu continues, Armand, ton père va préférer ta sœur. » Une femme installée à une table voisine, dans la salle à manger ou à la terrasse d'un hôtel, peu nous importe, les a prononcées en s'adressant à son petit garçon, des paroles qui, lorsqu'on leur prête... ou plutôt lorsque, comme je l'ai fait, on leur donne entièrement l'oreille, produisent des effets surprenants...

Il est vrai que je n'ai pas tendu l'oreille pour les entendre, elles l'ont frappée au passage avec une telle force... « Si tu continues, Armand, ton père va préférer ta sœur. »

Peu de phrases méritent davantage que celle-ci

d'être appelées une phrase-clef. Une clef dans laquelle les mots « Ton père » « Ta sœur » ressortent comme les dents du panneton qui permettent à la clef de tourner... « Ton père » « Ta sœur »... dans la paroi invisible un pan s'ouvre et par l'ouverture... que voyons-nous ?...

. On ne distingue pas bien, c'est tellement différent, le contraste est si grand avec ce qui est ici, de ce côté... nous y étions si habitués que nous y faisions peu attention, mais nous le sentons maintenant... c'est tout tiède, duveteux, palpitant, gazouillant, chatoyant, gouttelettes brillantes de salive, bulles irisées autour des premiers balbutiements... ba... pa... sourires et rires, attendrissements, il m'a reconnu, il m'a appelé, caresses, taquineries... jolis prénoms aux aspects toujours changeants, aux contours souples s'emplissant, se gonflant pour contenir, pour nous laisser saisir, tenir, presser, modeler, ce qui n'appartient qu'à nous, ce qui est incomparable, unique...

Mais tout à coup : « Ton père » « Ta sœur »... et voici que sous nos yeux un enfant est arraché à cette crèche jonchée de paille soyeuse, emplie de souffles chauds... Il est poussé...

On voit mieux maintenant ce qui devant lui s'ouvre... un espace immense, exposé à tous les regards... comme une vaste esplanade où sous une lumière grise des formes se dessinent... des silhouettes que l'enfant reconnaît... « Ton père » « Ta sœur ». Elles se tiennent immobiles, toutes raides... d'épaisses tenues d'apparat, des uniformes de cérémonie lourds et durs comme coulés dans du bronze les engoncent... Impossible de courir vers elles, de se serrer contre elles, de les flairer, de les pincer, de les chatouiller, de les marteler de ses poings, de les couvrir de baisers... On dirait que de cette tenue qui les recouvre part vers lui, appuie sur lui une longue tige fixée sur lui, lourd et rigide lui aussi... elle le maintient toujours à la même distance... à la même place qui lui a été assignée une fois pour toutes, attribuée d'avance, il n'y a pas moyen... il aurait beau essayer, il n'en trouverait aucun... de dessouder, de briser cette barre d'une solidité, comme on dit, c'est bien le cas de le dire, « à toute épreuve », qui les écarte les uns des autres et les relie...

Mais il manque dans ce groupe une autre forme, celle de la mère... elle devrait être là pourtant, revêtue de la tenue de rigueur des mères, à la place qui lui est réservée... mais elle s'est éloignée, elle est à une si grande distance, si à l'écart des autres, aucun lien ne la rattache à eux... on dirait une étrangère... quand elle pronnonce ces mots : « Ton père » « Ta sœur », sa voix résonne comme ces voix anonymes, venant on ne sait d'où, qui dans les lieux publics diffusent des informations.

Qu'est-il donc arrivé ? Ils étaient là tous quatre pelotonnés, serrés les uns contre les autres, leurs contours mous, moelleux se fondant se confondant ils ne sentent pas où l'un finit où l'autre commence... ils sont une boule vivante humectée de chaudes moiteurs, imprégnée d'intimes, de fades, de douces odeurs... quand tout à coup elle s'est dégagée, elle s'est soulevée... là-bas au-dehors on appelait, on cognait contre la porte...

Elle les a secoués, elle les a obligés à se réveiller, à se détacher les uns des autres, à se lever, se vêtir... elle leur a passé... dépêchez-vous, vous n'êtes pas présentables, voici votre tenue... et puis quand elle a vu que tout était convenable, bien en ordre, bien dans l'ordre, elle a laissé entrer et les examiner ceux du dehors chargés de veiller au bon ordre... Vous voyez, nous voici, je peux vous aider à faire le recensement. Voici devant vous :

le père. Voici la fille. Ici c'est le fils. Et moi je suis la mère.

Elle la première a perçu les bruits du dehors, elle a l'ouïe si fine... elle est si sensible... au plus faible appel elle bondit, elle devance les sommations.

Mais y a-t-il jamais eu besoin de la rappeler à l'ordre ?... Quand elle était encore un petit enfant, des paroles telles que « Ton père » « Ta mère » « Ton frère » « Ta tante »... provoquaient chez elle une sorte d'avidité, une excitation... elles la faisaient courir vers les armoires pour en sortir les costumes d'apparat, les beaux uniformes dans lesquels... elle un peu engoncée dans sa tenue bien apprêtée de fille, de petite-fille, de sœur, de nièce... ils allaient, harmonieusement groupés, se tenir sur l'esplanade...

Mais plus encore, mais plutôt que les esplanades et les parades, ce qu'elle a toujours aimé avec une fidélité obstinée, ce sont les grands édifices publics puissamment construits, bien entretenus, où au cours de visites guidées, mêlée à ceux rassemblés avec elle dans la même catégorie établie une fois pour toutes selon le sexe et l'âge, elle a absorbé toujours avec cette étrange avidité toutes les informations, commentaires, explications, fruits d'une sagesse immémoriale, d'une irréfutable science... rassurée de trouver à chaque tournant, pour le cas où elle pourrait se perdre, se laisser distraire quelques instants, s'écarter de son groupe, des flèches indiquant la direction à suivre pour le rattraper... s'arrêtant comme il convient pour examiner les documents, reproductions, photographies, mémoires, lettres, témoignages, films, romans, proverbes, dictons, slogans... consultant les catalogues toujours parfaitement tenus à jour où elle pouvait trouver, rassemblé sous des rubriques telles que Parents. Enfants. Mariage. Jeunesse. Vieillesse. Mort... avec une liste de conduites adéquates et de sentiments correspondants, tout ce qu'elle voulait savoir... un complet assortiment...

Inquiète parfois quand elle ne trouve pas sur le catalogue ce qu'elle cherche... n'osant pas demander aux autres si eux aussi... ils pourraient la regarder d'un air soudain attentif, surpris... ne serait-ce pas classé ailleurs, dans un tout autre registre, sous la rubrique Déviations. Anomalies?... Non, ce qu'elle avait cru percevoir, ce qu'elle avait senti glisser quelque part en elle, elle ne le sent plus, ça a disparu, c'est effacé... parvenant sans effort, souple et agile comme elle est, à se procurer tout ce qu'il est recommandé de posséder, à compenser aussitôt tout manque, toute déficience... se maintenant toujours « à la hauteur », pouvant avoir en toute circonstance, tout naturellement, la conduite appropriée, accompagnée des sentiments « allant de soi ».

Aidée en cela, il faut le reconnaître, sans méconnaître pour autant la puissance de ses dons, par la clarté des explications, des classements, par la simplicité des modèles proposés. Voici à la rubrique Famille : Le père. La mère. Le fils. La sœur.

La distance qui les sépare les uns des autres est la bonne distance, nécessaire et suffisante. Certaine, comme celles indiquées près du nom de chaque localité sur les pancartes et les bornes disposées le long des routes. Immuable. A jamais fixée.

Pas de fluctuations possibles, d'écarts brusques, d'arrachements, de rapprochements imprévus, de soudaines fusions.

Chacun ici est à sa place. Une place que rien ne peut lui faire perdre.

Mais alors, comment se fait-il qu'elle, la mère... elle n'était pas là où elle devait se trouver, où on la trouve d'ordinaire, entre son mari, sa fille et son fils. Elle était aussi loin d'eux qu'une étrangère quand, s'adressant à l'enfant, elle a désigné les autres par ces mots : « Ton père » « Ta sœur »...

Aurait-elle fui ? Abandonné sa tenue, son rôle de mère ? Mais quelle idée, mais quelle folie...

Elle est là au contraire, aussi mère qu'on peut l'être... plus mère que jamais... ne doit-elle pas parfois par souci d'efficacité s'effacer, s'éloigner, se placer à la distance où sont les étrangers pour mieux habituer l'enfant à s'orienter, s'y reconnaître, bien connaître ?... Ne faut-il pas l'endurcir, l'arracher aux molles étreintes, aux tendres odeurs de l'intimité, aux fadeurs veloutées du lait et le mettre à rude école ? N'est-il pas bon de l'habituer, comme on faisait autrefois, à porter de bonne heure les lourds et raides habits des adultes ?

« Ton père » « Ta sœur ». Il faut qu'il le sache. Qu'il se le tienne pour dit. Qu'il se les tienne pour dits. Ils sont indestructibles.

Celui qui essaierait de leur échapper les retrouverait même à l'autre bout du monde, fixés à lui par les mêmes liens.

Leur mort elle-même ne peut les transformer en

fantômes disparaissant aux premières lueurs de l'aube. Ils conservent toujours leur forme. Ils restent toujours à leur place. Investis des mêmes pouvoirs, exerçant les mêmes fonctions.

Ici tout obéit à des lois qui possèdent la fixité, la sûreté indiscutable des lois divines.

C'est pour se soumettre à elles qu'elle est entrée ici, très tôt, touchée par une grâce précoce. Personne de plus obéissant, de plus zélé... visage effacé, regard inexpressif, voix anonyme : « Ton père » « Ta sœur »... renonçant même à ce que l'ordre le plus strict autorise... ne voulant conserver aucun vestige de son état civil et de ses prérogatives... aucune trace de douceurs charnelles... gazouillis tendres, balbutiements, salives... contours duveteux, palpitants des prénoms de fillette, des surnoms... seulement ce que lui imposent la règle la plus austère, le plus sévère devoir : « Ton père » « Ta sœur ».

Elle a prononcé des vœux perpétuels, comme celles, peut-être, que leurs parents forçaient autrefois à prendre le voile... Non, elle s'est enfermée ici volontairement... Elle ne peut s'en prendre qu'à elle-même.

Maintenant il n'y a plus rien à faire. Plus

moyen de se défroquer. Il ne reste qu'à obéir... Et lui aussi, qui est là, enfermé avec elle... installé là en face d'elle... lui en qui elle voit se refléter sa « vie manquée », lui, l'instrument de son enfermement, de son rétrécissement... lui aussi, il lui faudra apprendre de très bonne heure à se soumettre... dura lex sed lex : « Ton père » « Ta sœur »... des mots comme elle-même, comme tout autour... glacés et durs... elle les lui promène sur le visage... « Tu sais, Armand... ton père... ta sœur... »

Ah cette fois, il me semble que nous y sommes. Vous êtes avec moi cette fois, vous avez perçu comme moi... Je vois vos sourires complices... « Ton père » « Ta sœur »... Quels mots, n'est-ce pas ? pour s'adresser à son propre enfant. Mais vos regards montrent de l'étonnement, vous hochez la tête, vous riez... Ah il ne s'agit pas de ça ?... Pas de « Ton père. Ta sœur »?... Mais alors de quoi ? Pourquoi avez-vous eu l'air tout à coup d'acquiescer, de participer, vous paraissiez tout excités... Ah, c'était pour ça ? Mon Dieu... vraiment, je n'en reviens pas. Non, je ne reviens pas de là où vous êtes... Où je vous ai moi-même amenés... « Si tu continues, Armand, ton père va préférer ta sœur »... Je n'y avais pas fait attention, vous ne me croirez pas, mais je n'avais pas remarqué : « Si tu continues... va préférer... » ... obnubilé que j'étais par les seuls mots qui ressortaient : « Ton père » « Ta sœur »... je ne voyais qu'eux. J'aurais pu aussi bien, j'aurais dû, comment n'y ai-je pas pensé, je suis si loin de vous parfois, ce qui s'appelle sur une autre planète... j'aurais dû vous proposer : « Tu sais, Armand, ton père ira chercher ta sœur au train du soir. » « Tu sais, Armand, ton père va accompagner ta sœur chez le médecin. » Ou bien n'importe quoi où seuls les mots « Ton père. Ta sœur » ressortent... Mais j'ai dans mon inconscience, ma folie, pris cette phrase qui s'était un jour présentée à moi. Elle me paraissait parfaitement satisfaisante... « Si tu continues, Armand, ton père va préférer ta sœur. » Oui, je le vois maintenant, c'est « Si tu continues » et « va préférer » qui s'avancent au premier plan... « Ton père. Ta sœur » s'enfoncent. Comme dans ces dessins où l'on voit tantôt les losanges noirs, tantôt les losanges blancs... il suffit que notre regard arrive à faire une certaine gymnastique.

« Si tu continues... va préférer... » c'était donc cela qui vous avait frappés. Pas « Ton père. Ta sœur »... que chacun de nous à tout instant... quel mal y a-t-il à le dire ?... Qui d'entre nous ne le dit

pas ?... Mais cela, que seule une mère dénaturée...
on n'en voit pas souvent... autour d'elle vous
faites cercle... vous vous avancez pour mieux
l'observer... c'est intéressant de voir comment un
être vil, vulgaire, inculque ses mauvais sentiments
à son enfant innocent... « Si tu continues,
Armand, ton père va préférer ta sœur »... Oui, je
la vois comme vous, mais je m'en détourne... pas
par dégoût... non, même pas... par ennui... qu'ai-
je à faire d'elle ?... que d'autres, si ça les amuse,
s'occupent de son cas... pour moi elle aurait pu
dire et répéter n'importe quoi de plus féroce
encore et de plus bas, sans éveiller en moi autre
chose que ce dégoût si sain que vous éprouvez,
cette satisfaction de ne pas leur ressembler que
donne à chacun de nous la contemplation des
criminels, des monstres... Mais jamais je n'aurais
songé à vous la montrer... Si je me suis permis de
solliciter votre attention, c'est qu'il y a eu ces
mots plus étranges, plus fascinants à eux seuls
que toutes les mères indignes et tous les monstres... « Ton père. Ta sœur. »... Les voici de
nouveau, ils s'avancent... des mots ordinaires...
comme vous le constatiez : des mots que chacun
d'entre nous... des mots si familiers qu'ils deviennent invisibles... des mots passe-partout... Tiens ?
Passe-partout... Oui, des mots passe-muraille...
qui nous font traverser... « Ton père. Ta sœur »...

on dirait que dans la paroi un pan s'ouvre et ce qu'on voit de l'autre côté... Non? vous ne voyez rien... vous avez beau répéter : « Ton père. Ta sœur »... je le répète avec vous... vraiment, ne dirait-on pas que quelque chose... là... « Ton père. Ta sœur »... Non? rien ne bouge? la paroi est toute lisse, immobile. « Ton père. Ta sœur »?... vous devez avoir raison... il n'y a rien... rien qui puisse bouger, s'ouvrir, pas de paroi.

Le mot Amour

C'était au fond d'un petit café enfumé, mal éclairé, probablement d'une buvette de gare... il me semble qu'on entendait des bruits de trains, des coups de sifflet... mais peu importe... ce qui d'une brume jaunâtre ressort, c'est de chaque côté de la table deux visages presque effacés et surtout deux voix... je ne les perçois pas non plus avec netteté, je ne saurais pas les reconnaître... ce qui me parvient maintenant ce sont les paroles que ces voix portent... et même pas les paroles exactement, je ne les ai pas retenues... mais cela ne fait rien non plus, je peux facilement inventer des paroles du même ordre, les plus banales qui soient... de celles que deux personnes étrangères l'une à l'autre peuvent échanger au cours d'une rencontre quelconque, à une table de café... est-ce sur le goût de ce qu'elles boivent... une orangeade ou bien du thé? ou sur les avantages et les inconvénients des voyages en train, en avion... ou sur n'importe quoi, je vous laisse, si vous le voulez, en imaginer d'autres... mais ce que je ne peux pas vous laisser, ce qui dans ces paroles pour quelques instants m'appartient, ce qui m'attire, me taquine... c'est... je ne sais pas... c'est peut-être cette impression qu'elles donnent... de légè-reté... elles semblent voleter, aériennes... on dirait que ce qu'elles portent... le goût de la grenadine, la fatigue des voyages en train... ce qu'on peut trouver de plus banal, de plus modeste, de plus discret, ne les emplit pas complètement, laisse en elles des espaces vides où quelque chose qui ne peut trouver sa place nulle part, dans aucune parole, aucune n'a été prévue pour le recevoir... quelque chose d'invisible, d'impondérable, d'im-palpable est venu s'abriter...

Ces paroles peu lestées, dilatées, s'élèvent, flottent, légèrement ballottées, se posent douce-ment, effleurent à peine...

On pourrait, en observant ces paroles porteuses de platitudes et la légèreté avec laquelle elles se posent, effleurent, rebondissent, les voir pareilles à des cailloux minces et plats voletant, faisant des ricochets.

Mais cette image exacte à première vue et séduisante est de celles qu'il faut se contraindre à effacer, auxquelles il vaut mieux renoncer avant qu'elles ne vous égarent. Elle aurait immanquablement fait apparaître celui par qui ces cailloux sont lancés et son geste montrant du savoir-faire, de l'habileté... elle aurait fait oublier ce qui dans ces paroles m'attire, ce qui revient me hanter... ces espaces vides en elles où, à l'abri de choses modestes et effacées, vacille, tremble... venu d'où ?

Ceux de qui aussi naturellement, aussi irrésistiblement que l'air qu'ils expirent cela s'exhale ne sauraient pas nous renseigner. Le lieu en eux d'où cela émane n'a jamais été décrit, il est dans une région que personne, si bien muni qu'il soit des mots les plus effilés et pénétrants, ne peut atteindre... aucun mot n'a pu venir ici prospecter, fouiller, saisir, extraire, montrer...

D'un côté à l'autre de la table les paroles circulent... elles sont comme des rayons que des miroirs identiques placés l'un en face de l'autre réfléchiraient sous un même angle, comme des ondes... « C'est agréable, ces lumières... On ne voit plus partout que des éclairages au néon... Les trains sur des petites distances... »

Les paroles à peine lestées, parcourues de

vibrations, de radiations, jaillissent... venues d'un lieu intact où pour la première fois, une première et unique fois... sourd, frémit... à la source même... à la naissance...

Mais oui, bien sûr, ça ne pouvait pas manquer, je vous entends, vous l'avez dit, nous l'avons dit ensemble... voilà ce que c'est que d'avoir l'outre-cuidance de s'introduire dans ces lieux préservés, de briser leur silence ne serait-ce qu'avec des murmures, des balbutiements, avec les mots les plus timides, prudents... Qu'on les laisse pénétrer et il est sûr qu'ils en amèneront d'autres... Celui-ci : « naissance »... à sa suite a amené... trop tard pour l'empêcher d'entrer, le voici, il est là... de ce mot : « naissance » le mot « de » est sorti aussitôt, s'est tendu comme un bras, tirant à soi, énorme, faisant un grand vacarme, le mot « amour »... « La naissance de l'amour... »

Peut-être auriez-vous voulu comme moi demeurer encore quelques instants auprès d'eux, qui ne perçoivent que le volettement, le doux effleurement des paroles légères qu'ils reçoivent, qu'ils envoient. Comme on aimerait, n'est-ce pas, partager encore leur innocence, leur liberté...

Mais nous pouvons nous consoler, le répit serait bref pour nous comme pour eux.

L'autre en face encore tout translucide, laissant à travers lui passer comme une lumière diffuse, un rayonnement... pardonnez-moi ces mots indigents, mais où pourrais-je en trouver d'autres ?... un doux, diffus rayonnement venu de fonds lointains, à travers des étendues sans fin... l'autre bientôt s'épaissit en un être de chair et d'os, enfermé dans des contours précis... et ce qu'il sécrète, ce qui l'emplit tout entier, ce qui affleure en lui partout, dans la ligne de sa paupière, de son front, de sa narine, de sa joue, dans son regard, dans son sourire, dans chaque inflexion de sa voix... produit... mais qu'est-ce que c'est ? Rien de jamais encore éprouvé... c'est douloureux... délicieux... un trouble ? une excitation ? un émoi ? un désarroi ? Mais est-ce possible ? Est-ce ça ? Est-ce donc ça en moi aussi... Oui, ce ne peut être rien d'autre... c'est bien ça... s'épandant en moi partout, occupant tout... « l'amour »... c'est ainsi que ça se nomme. « L'amour » — c'est ça.

On peut être surpris de l'admiration qu'a

suscitée jusqu'à aujourd'hui celui, vous vous en souvenez, c'était Stendhal, dans *La Chartreuse de Parme,* qui a fait la découverte de ce que chacun aurait dû connaître depuis toujours... les conséquences, en un instant, de l'apparition de ce « mot qui donnera un nom à ce qu'ils sentent l'un pour l'autre ». Il avait déjà vu, il avait pressenti ce qui maintenant exclusivement nous occupe : les effets que le mot à lui seul produit quand il fait irruption... mais peu importe pour nous que ce soit en celui-là en particulier ou en celle-ci, chez Fabrice ou la Sanseverina... deux ombres chuchotantes nous suffisent... vides d'abord de tout mot... Et puis le mot. Lui seul, faisant son apparition. Le voici maintenant devant nous, hors de telle ou telle vie, isolé de tous événements et circonstances... un corps chimique à l'état pur. Le mot « amour » et certains de ses effets possibles n'importe où, chez n'importe qui.

Depuis quelque temps déjà autour d'eux le mot rôde, guettant le moment, qui ne peut pas tarder... et en effet le voici... ce qui pouvait se contenter de se réfugier dans la grisaille protectrice des paroles les plus ternes, les plus effacées, est devenu si dense, intense, cela exige une place à soi, toute la place dans un vaste mot solide, puissant, éclatant...

Et le mot est là, tout prêt, le mot « amour », ouvert, béant... ce qui flottait partout, tourbillonnait de plus en plus fort s'y engouffre, se condense aussitôt, l'emplit entièrement, se fond, se confond avec lui, inséparable de lui, ils ne font qu'un.

Le mot « amour » entouré d'un halo de lumière, tel l'ange annonciateur est entré... il est reçu avec la même soumission, la même résignation, la même humilité, la même joie timide et la même crainte.

Le mot « amour » est entré, apportant la connaissance, détruisant l'innocence... et aussitôt les humbles paroles échangées perdent leurs vides parcourus d'à peine perceptibles tremblements... elles deviennent toutes plates, inertes... des voiles dont « l'amour » n'osant pas se montrer au-dehors pudiquement se recouvre.

Elles sont des camouflages à l'abri desquels prudemment, hésitant à s'exposer, il se dissimule... Elles sont tout ce qu'il parvient à trouver pour le plaquer sur soi, s'en faire une carapace... Mais sous la poussée irrésistible de sa croissance, sous la puissance de son expansion elle craque, éclate, les paroles disloquées s'éparpillent... et du silence au-dessus de leurs débris qui gisent dispersés le mot « amour » se dégage...

Peu nous importe lequel des deux... mais ils portent aussi maintenant, mais nous pouvons maintenant leur donner à eux aussi un nom... lequel des deux amoureux en premier le prononce. Le mot « amour » est là en eux, tout prêt à déborder, ils l'ont tout au bord de leurs lèvres.

Le mot « amour » et ses dérivés, « je vous aime, je t'aime, nous nous aimons »... quand ils sont prononcés, quand il sont répétés, comme les paroles des prières que des voix innombrables à travers les âges de génération en génération ont récitées, répandent la sécurité, l'apaisement.

Celui qui après tant d'autres, avec tant d'autres les prononce accepte humblement d'être l'un d'entre eux, de n'être qu'un parmi eux.

Le mot « amour » passant de l'un à l'autre accomplit ce miracle : des mondes infinis, fluides, incernables, insaisissables prennent de la consistance, deviennent en tous points semblables, faits d'une même substance. « L'amour » est un en chacun d'eux.

Le mot « amour » quand il monte aux lèvres des amoureux, quand il se montre au-dehors, est comme le pavillon aux armes du souverain, qu'on hisse sur un palais pour signaler que l'hôte royal est arrivé, qu'il est là, dans ses murs.

Un palais jusqu'ici désaffecté, aux mornes salles inhabitées, qui maintenant s'anime, resplendit, nettoyé, frotté, poli, repeint à neuf, empli de toutes les choses magnifiques que « l'amour » rassemble...

Certains de ceux qui ont la chance de résider dans une de ces splendides demeures au milieu de tant d'œuvres d'art rassemblées permettent par moments aux badauds admiratifs et respectueux, attroupés devant leurs façades fermées, d'y pénétrer, de défiler silencieusement, de s'extasier...

Et même on peut voir quelquefois ces privilégiés, échauffés par leur zèle généreux, en arriver à présenter eux-mêmes leurs collections, à conduire en personne des visites commentées.

Qui n'a jamais été surpris par un des effets les plus étranges que produit l'échange de ces mots « Je vous aime »? par ce pouvoir qu'ils ont de doter aussitôt chacun de ceux qui les prononcent de qualités uniques, incomparables, que personne d'autre ne peut leur enlever, dont nul n'est même capable de juger... les habitants de la terre entière pourraient se rassembler pour contester l'existence chez l'un ou l'autre d'une de ces qualités et ils seraient aussitôt refoulés... « Que voulez-vous ? »... maintenus à distance respectueuse et réduits au silence par la puissance magique de ces seuls mots agités devant eux : « Ils s'aiment. »

« Je vous aime », ce sont les paroles du sacre prononcées tandis que chacun pose sur la tête de l'autre la couronne, l'investit d'une supériorité avec laquelle personne au monde, si pourvu qu'il soit de tous les dons, si paré qu'il soit de toutes les grâces, ne peut songer à rivaliser.

Comme Dieu, celui qui a prononcé ces mots :
« Je vous aime » a le pouvoir de retirer ce qu'il a
donné.

Le mot « amour » répand en ceux qu'il vient
éclairer une si éclatante lumière qu'elle aplanit,
qu'elle nivelle tout... plus nulle part aucune
aspérité ou anfractuosité, pas le moindre recoin
ombreux où quoi que ce soit d'à peine visible
tremblote, glisse...

Mais là peut-être, il y a un instant, il m'a
semblé... mais non, c'est impossible, c'est impensable, comment ai-je pu imaginer... vite, aide-
moi, je t'en supplie, éclaire mieux... « Tu m'aimes ? »... et aussitôt un faisceau lumineux plus
intense vient répandre sur tout sa clarté... « Mais
oui, bien sûr, je t'aime »...

Le mot « amour », comme le mot « Dieu »,
évoque l'absolu, l'infini... une perfection qui est,
qui doit être là partout où son règne arrive... rien,
si infime que ce soit, qui ne la fasse apparaître

tout entière, pas le plus léger mouvement qui ne la mette tout entière en danger...

Un danger constant, une menace de chaque instant... inlassablement les amoureux surveillent... à la moindre alerte le mot « amour » vole à leur secours... Que se passe-t-il ? Qu'y a-t-il ? — Ici... quelque chose... — Mais quoi ? — Oh je ne sais pas... on dirait une ombre, une fine craquelure... — Comment appelez-vous ça ? — Je ne vois pas, je ne trouve aucun mot qui le désigne. — Aucun mot ? Mais vous savez bien que rien ici-bas ne peut prétendre à l'existence tant que ça n'a pas reçu de nom... — Oui, oui, je cherche... est-ce ce qu'on peut appeler de... Non, quelle folie... est-ce du ?... je n'ose pas, je ne peux pas... pas ce nom, pas ce mot-là... — Bien sûr, pas ce mot-là, impossible, pas tant que je suis là... — Oui, là, en moi, en nous, nous emplissant... l'Amour... un nom sanctifié... qui purifie, qui irradie... Un nom qui avec la force d'une bombe au cobalt empêche de se former, de se développer, détruit, referme, cicatrise...

Aux frontières de cet État puissamment armé, bien gardé et policé qui porte le nom Amour des

« éléments louches » prêts à semer le désordre rôdent, cherchant à entrer... mais il n'y a pas une issue où l'Amour n'ait disposé ses gardes : Que voulez-vous ? Comment vous appelez-vous ? Comment ? Quoi ? Malaise ? Et vague encore ? Tristesse ?... sans autre précision ? Ce ne sont pas des noms qui peuvent figurer sur des pièces d'identité. Inutile d'essayer de vous introduire ici. Allons, décampez.

Parfois, à force d'insistance, ces louches et innommables « éléments » parviennent à se faire donner un vrai nom. Et cette fois, munis de pièces d'identité en bonne et due forme, ils se présentent... — Comment vous appelez-vous ? — Je m'appelle... les gardes préposés à la sécurité de l'Amour pâlissent et tremblent... Oui, vous avez bien vu. C'est bien mon nom. On ne peut m'en donner aucun autre. C'est bien le nom par lequel on me désigne. Oui : Ennui. Parfaitement. Oui : Humiliation. Oui : Abdication. Oui : Désapprobation. Oui : Éloignement. Oui : Mépris. — Mépris ? Mais les gardes ont déjà donné l'alerte. C'est le branle-bas. C'est la mobilisation. Toutes les forces dont l'Amour dispose, clamant son nom sacré, se précipitent sur le nom ennemi.

Ce n'est pas le lieu ici de décrire toutes les

péripéties par lesquelles peuvent passer ces combats.

Souvent le mot Amour l'emporte. Il se dresse triomphant sur le mot écrasé. Son pied fièrement posé sur cette loque méconnaissable, vouée aux vautours, qui portait le redoutable nom d'Ennui, d'Éloignement ou de Mépris...

Mais que le mot Amour mortellement frappé s'effondre et les couronnes de carton roulent, les sceptres en cire coulent, le somptueux palais fendu en deux montre au grand jour ses boiseries, ses tentures arrachées, ses meubles et objets précieux vacillant au bord du vide.

Pourtant depuis quelque temps entre le mot Amour et un de ses ennemis qui pouvait paraître le plus irréductible se produisent certains accommodements. Ainsi ce mot : Haine qui possède les mêmes puissantes et redoutables qualités que le mot Amour, égal à lui en force et en pureté, au lieu d'entrer avec lui en un combat sans merci, sans issue, parvient à la coexistence, obtient d'être reconnu officiellement et doté d'un nom :

L'Amour-Haine qui réunit indissolublement les frères ennemis.

Mais il arrive parfois, tant la vitalité que cela possède est obstinée, que sous tous les édifices que le mot Amour a dressés, sous les palais somptueux, les musées, les vieilles demeures délabrées, en partie délaissées, les prisons, les asiles d'aliénés, les maisons de retraite, les modestes pavillons, les gratte-ciel superbes... qu'à travers tout ce marbre, ce ciment, ce verre et ce béton, soudain, comme dans un monde encore intact et innocent, quelque chose d'à peine perceptible... venu d'où ?... se dégage... et ne trouvant sa place nulle part, aucun mot n'est là pour le recevoir... vacille... et puis dans ces mots, les plus modestes et discrets qui soient, les plus effacés... la couleur du ciel... le goût de l'orangeade ou du café... dans les espaces vides en eux s'abrite et porté par eux s'élève... doucement palpite.

Esthétique

Le lieu où cela s'est passé... mais comme « s'est passé » paraît peu convenir à ces moments, les plus effacés qui soient, les plus dénués d'importance, de conséquence... Demandez à n'importe qui, après des moments tels que ceux-ci : « Que s'est-il passé ? », et vous recevrez immanquablement cette réponse étonnée : « Mais rien, voyons, que voulez-vous qu'il se soit passé ? Absolument rien. »

Renonçons donc à « s'est passé »... disons « a été vécu »... bien que cette expression puisse elle aussi sembler grandiloquente, outrée, tant ces moments paraissent peu mériter de faire partie de ce que nous nommons « notre vie ». Mais enfin, il faut admettre que si inaperçus, si insignifiants qu'ils soient, on est tout de même en droit de dire d'eux qu'ils sont vécus...

Le lieu propice à de pareils moments est une

rue. Une rue assez étroite de petite ville ou de village... à peu près vide — ceci est important pour que les deux personnes dans la vie desquelles viennent discrètement s'insérer ces brefs moments soient obligées d'avancer l'une vers l'autre sans qu'il leur soit possible de s'éviter, sans qu'elles puissent faire semblant, mêlées à la foule des passants, de ne pas s'être vues.

Faire semblant? Voilà qui peut surprendre... Éprouveraient-elles à l'égard l'une de l'autre des sentiments d'hostilité ou simplement d'antipathie... auquel cas ces moments soi-disant si insignifiants... Non, bien sûr, il ne peut en être question. Ce serait plutôt de la sympathie, ou en tout cas une absence d'antipathie... rien qui trouble une grande indifférence... toute naturelle... ces deux personnes se connaissent d'assez loin et assez vaguement... suffisamment cependant pour qu'en se croisant elles se sentent obligées de s'aborder... Sinon il serait à craindre que cédant à... mais comme ces mots qui viennent... la paresse, le manque de sociabilité, le besoin de solitude... comme ils sont gros, vagues, impuissants à tirer au-dehors et à nous laisser voir ce qui pourrait pousser ces personnes à se dérober...

Disons que ce qui pourrait les faire céder à ce

besoin de fuite... nous l'avons tous éprouvé... ce serait la perspective de ce à quoi elles seront obligées de se soumettre... cette petite opération... Petite?... Mais à quoi bon essayer raisonnablement, docilement, décemment, craintivement de s'abriter derrière « petite »? Soyons francs, pas petite, pas petite du tout... le mot qui lui convient est « énorme »... une énorme opération, une véritable mue...

Chacun de ceux qui maintenant l'un vers l'autre inéluctablement s'avancent est... mais ici aussi tous les mots qui se proposent pour le décrire, on ose à peine les murmurer... des mots comme : « un infini », « une nébuleuse », « un monde ». ils feraient sourire, ils feraient rougir.

Osons dire quand même, il le faut bien, que cet indéfinissable, ce tout, ce rien, ce vide, ce plein qu'est chacun d'eux soudain rencontre ceci : une forme tracée à grands traits, un schéma grossier, un portrait robot... une poupée pareille à celles que les enfants découpent dans du carton. il suffit de suivre le pointillé.

En voici une, vous la reconnaissez... elle fait partie de nos collections : ce sont deux jambes grêles gainées de bas noirs, un corps maigre recouvert de vêtements sombres, une longue tête aux cheveux tirés en arrière, le visage grisâtre et fatigué d'une femme sans âge précis, plutôt assez âgée...

Reconnue d'un seul coup, identifiée aussitôt... pas besoin d'un nom pour la désigner... c'est un assemblage où sont emboîtés... mais emboîtés ferait penser à quelque chose de dur, de net... c'est une brume plutôt qu'elle traîne derrière elle, où se mêlent confusément ce qu'évoqueraient... mais aucun mot ici n'est prononcé... ce que désigneraient vaguement des mots tels que vie solitaire, manquée, drame de jeunesse, deuils, résignation, austérité, avarice, dignité, douceur... toute une nébuleuse derrière ce personnage calqué sur une page illustrée d'un roman du siècle dernier.

Un personnage qui maintenant à son tour a aperçu, qui voit devant soi... Quoi donc ?... Qu'a-t-elle pu voir apparaître et s'avancer vers elle de l'autre bout de la rue ?

Comment peut-il le savoir, celui qui subitement comme elle se sent « vu » ? Comment peut-il faire sur lui-même le découpage, donner lui-même une forme à cet infini, ce tout, ce plein, ce vide, ce rien... à soi seul un monde... le monde entier... où vient de s'insérer, repoussant tout le reste, occu-

pant tout l'espace cette image de vieille demoiselle sortie d'un vieux roman?

D'elle quelque chose se dégage... comme un
fluide... comme des rayons... il sent que sous leur
effet il subit une opération par laquelle il est mis
en forme, qui lui donne un corps, un sexe, un âge,
l'affuble d'un signe comme une formule mathé-
matique résumant un long développement... il ne
sait pas, il n'a pas le temps de la développer... Il
cherche vaguement à l'aveugle à s'y conformer...
son bras se lève, soulève son chapeau, son dos se
voûte davantage ou bien se redresse... son pas se
fait plus traînant ou bien se raffermit... un sourire
s'étire... sur quel visage? comment peut-il se le
représenter? il est si différent sur chaque photo-
graphie, dans chaque glace... ce qu'il faut, ce qui
importe, c'est que de ce visage se dégage de la
sympathie, de la bienveillance, de la bonhomie...
que de ces lèvres sortent des mots qui vont... mais
les voici, ils sont faciles à trouver, il y en a tout un
stock commun, amassé pour cet usage, toujours à
la disposition de chacun, où chacun maintenant
puise, où il saisit, envoie à l'autre des mots qui
d'un seul coup vont les placer tous deux, les
implanter solidement sur la terre ferme, sur ce
tout petit morceau de terre où ils sont sûrs de se
retrouver, parfaitement identiques, entièrement

solidaires devant un sort commun : le temps qu'il fait en ce moment.

Voilà, je les prends, saisissez-les, je vous les tends... « Ah, encore ces giboulées... le Bon Dieu a dû se tromper de saison... on n'est pourtant pas au printemps »... Merci, je les tiens, je me tiens à vous, nous nous tenons l'un à l'autre, nous nous retenons... autour de nous, en nous les gouffres vertigineux, les nuits parcourues de tremblements... mais nous nous maintenons ici, ancrés là, attachés et lestés, là, sur ce point précis : « Ah vous pouvez le dire... quel temps... Et dire qu'on nous prédisait... — Oui, je l'ai entendu aussi à la radio avant-hier... — Ils n'en font jamais d'autres... — C'est comme l'été dernier... »

Pas encore, surtout pas, ce n'est pas encore le moment... une trop brusque interruption, un silence qui quelques secondes de trop se prolonge... et entre nous une crevasse s'ouvre... nous sommes arrachés l'un à l'autre, projetés hors de nos coquilles brisées, hors de nos enveloppes charnelles... deux âmes solitaires allant errer...

Pas tout de suite, pas si brutalement, restons encore un peu, maintenons-nous encore ici collés l'un contre l'autre... pardonnez-moi si dans ma crainte de ce qui nous menace, si dans ma hâte je ne trouve pas, si je reprends de nouveau, oui, les mêmes mots, encore et encore... mais vous me comprenez, on se comprend... « Et le pire c'est que ça promet de durer, ce mauvais temps, vous allez voir... nous hochons la tête, nous approuvons... Ah oui, vous pouvez le dire... oui, il n'y a plus de saisons... »

Entre nous un courant ininterrompu de mots circule... leur flot tiède et mou m'emplit... je sens comme une nausée légère, comme un léger tournis... mais je ne peux pas l'arrêter, je ne veux pas nous séparer, nous déchirer...

Mais voilà que je trouve... ou plutôt que me viennent je ne sais comment ni d'où... voilà que viennent à mon secours d'autres mots, des mots plus frais, rafraîchissants, tirés eux aussi de notre stock commun... ils vont encore nous rapprocher, faire adhérer davantage l'un à l'autre nos corps faits d'une même chair... « C'est surtout cette humidité... ces continuels changements... Je ne sors pas des rhumes, des trachéites... — A qui le dites-vous ? Ça allait déjà mieux... et me voilà de nouveau toute percluse... j'ai mal partout... »

Maintenant le moment est venu où l'on pourrait sans heurt, prudemment, délicatement... avec un geste gracieux, avec des mots que des soupirs viennent alléger... « Eh oui, que voulez-vous... Enfin ne nous plaignons pas trop... — Oui, hélas, si ce n'était que ça... » en se retenant encore un peu l'un à l'autre, s'écarter l'un de l'autre doucement... « Ça c'est bien vrai... allons... ce n'est pas tout ça... » tendre la main, sourire et tout attiédis, gorgés, tout rassurés, s'en aller chacun de son côté... et redevenir sans même sentir comme se fait, en sens inverse l'opération, la mue, ce qu'on était avant... ce tout... ce rien...

Mais il peut arriver à l'un d'entre eux ou à tous deux de vouloir demeurer encore un peu dans cette forme où l'autre l'a enfermé et que l'autre continue à modeler, les rayons que son regard, son sourire laissent filtrer la lissent, la caressent...

Il arrive que s'emboîtant exactement l'un dans l'autre comme deux morceaux bien ajustés d'un puzzle, ils cherchent à retarder l'instant où ils devront en se dégageant brouiller le dessin, démolir la jolie construction... Il arrive que se sentant si bien maintenus, soutenus, que se sentant tout à fait confondus, ne faisant qu'un, ils se plaisent à promener autour d'eux un même regard, à l'arrêter ici ou là, sur leur bien commun... « Ah n'est-ce pas, on n'en croit pas ses yeux... Un édifice pareil tout contre l'église... — Ce toit de tôle... — Ces murs de béton... — Et dire qu'on a été inscrits aux sites... — Oui, même classés... Tout ce qui se construit à moins de cinq cents mètres du clocher... — Mais qui respecte les prescriptions ? — Ah parlez-m'en... C'est honteux... — Et c'est partout pareil... — On peut dire que ce n'est pas... »

Détendus, insouciants... Tout n'est-il pas à nous deux ? à vous comme à moi ? tous ces mots où nous pouvons puiser librement... voilà, tenez, le mot qu'il nous faut, je le prends... Mais pourquoi est-ce que j'hésite ? pourquoi ce mot que j'ai choisi, que je tiens, je ne le tends pas aussitôt ? Y a-t-il quelque chose que je puisse chercher à retenir, que je veuille garder pour moi ? L'autre n'est-il pas capable comme moi de le saisir ? Est-il donc plus faible ? plus maladroit ?

Comment ai-je pu un seul instant, si peu que ce soit... Eh bien non, le voici, je vous le tends... juste enveloppé... pour le cas où en l'attrapant vous pourriez... pardonnez-moi cet excès de précautions, ces guillemets, cette légère intonation dont malgré moi j'ai entouré ce mot : Oui, on peut dire que ce n'est pas le sens « esthétique » qui les étouffe...

« Esthétique »... le mot là-bas, dans l'autre s'est enfoncé, creusant un trou, faisant accourir, se rassembler, se pencher... Qu'est-ce que c'est ?

La substance dont cela paraît être fait ne ressemble à aucune autre de celles que l'on connaît... c'est un météorite... tombé d'où ? détaché de quelle planète ?

Non, vous vous trompez, ça ne vient pas de là, pas de si loin, c'était ici, tout près... un mot lancé maladroitement, il a atterri du mauvais côté, il suffit de le retourner, vous allez voir, vous le connaissez... c'est un mot fait de la même substance que tous nos mots, un mot de chez nous... voyez son autre face... quoi de plus familier ? Regardez, je le retourne... « Ah non, ça ne les étouffe pas, le sens de la beauté. »

Le regard de l'autre scrute celui qui, un sourire fautif, aguicheur, posé de travers sur son visage, piteusement s'efforce... Mais à quoi bon ?... le mot « esthétique », on a beau le retourner, il est identique sur toutes ses faces... à quoi bon essayer de dissimuler l'une d'elles en plaquant sur elle le mot « beauté » ?

Ce mot « esthétique » est sorti comme la pustule fatidique qui permet de déceler... il est apparu comme le tatouage révélant l'appartenance... Mais ne pensez pas cela, ce n'est pas le signe de ce que vous croyez... pas chez moi... je ne suis pas de ceux-là, et la preuve, je vais vous la donner, voici qui va vous rassurer... voici les mots

que je vais lui accoler, à ce mot, « esthétique »...
des mots à usage commun, des bons gros mots
dont je me sers volontiers... vous allez voir comme
à leur contact « esthétique » va perdre cet air qui
vous déplaît... oui, je sais... un air distant, hau-
tain, un peu méprisant, n'est-ce pas ?... mais vous
verrez comme ces braves mots vont lui communiquer ce qu'ils possèdent d'insouciant, de généreux, de bon enfant... « Eh oui... le sens esthétique... ce qu'ils s'en foutent, de tout ça. Il n'y a
que leurs conneries qui les occupent. »

Sous l'effet de ces paroles, comme une image
photographique sous l'action d'un révélateur,
l'autre apparaît : un personnage d'une parfaite
netteté qu'un seul coup d'œil circonscrit, englobe
tout entier : c'est une vieille demoiselle très sur
son quant-à-soi, froide et digne. Son regard fermé,
rigide, repousse, remet à sa place... qui donc ?... le
malotru ? l'insolent ? le maladroit ? le préten-
tieux ? le présomptueux ?... « Oui, ce manque
partout de sens esthétique... » les paroles qu'elle a
relevées sans effort et qu'elle avance devant elle
comme pour le faire reculer davantage, le chasser,
appuient sur lui leurs pointes... « en effet, c'est
bien navrant. Au revoir Monsieur ».

Mon petit

Maintenant, si vous avez encore quelques instants à perdre, si tous ces drames ne vous ont pas lassés, permettez-moi de vous convier encore à celui-ci.

Il promet, me semble-t-il, j'espère ne pas me tromper, quelques épisodes ou développements qui ne sont pas tout à fait dépourvus d'intérêt.

Vous ne serez pas surpris d'apprendre, puisque ce sont les mots, certains mots qui, à eux seuls, nous occupent en ce moment, que ce drame, c'est un mot, un petit mot tout simple qui le produit.

Ce mot est « mon petit ».

Mais il faut pour que devienne intéressant ce que « mon petit » déclenche que soient remplies certaines conditions.

Il faut qu'il émerge inopinément au cours de la plus paisible et amicale des conversations, qu'il se glisse mêlé aux autres mots charrié avec eux dans le même flot.

Rien dans le ton sur lequel il est prononcé ne doit marquer de l'agressivité, ou de la tendresse, porter la trace d'une quelconque émotion.

Il faut qu'il apparaisse imprégné de sérénité, que dans une phrase toute banale il vienne... sans aucune hâte... il est même préférable que ses syllabes prennent le temps de se présenter bien détachées l'une de l'autre... étirées... « mon-pe-tit »... qu'il aille très tranquillement là-bas dans l'autre se poser, occuper une place qui de toute évidence lui revient.

Et cette place — cela aussi est d'une grande importance — il ne doit pas s'y installer comme un de ces « mon petit » auxquels il ne vaudrait pas la peine de s'arrêter : un « mon petit » venu de quelqu'un de plus haut placé, de plus âgé... bref de quelqu'un qui posséderait une supériorité évidente, reconnue, que ce mot exprimerait.

Donc dans une tout amicale et paisible conversation entre deux personnes qui sont dans des rapports de parfaite égalité soudain « mon petit » surgit.

Celui à qui il est envoyé en reçoit comme une légère décharge... ou, si l'on ne craint pas de se servir d'une encore plus banale comparaison, il éprouve une sensation semblable à celle qu'on a quand on touche une ortie ou quand on frôle du doigt le bord poilu d'une feuille de cactus.

C'est alors que le drame ou, si vous aimez mieux, le jeu auquel vous êtes conviés commence.

Que fait-il, croyez-vous ?

La réponse qui aussitôt se présente est que vraisemblablement il fait semblant de n'avoir rien senti et que la conversation sans le moindre cahot se poursuit.

Peut-être êtes-vous tentés d'en rester là, de considérer que l'action ne s'est pas engagée, que le drame est mort-né, que le jeu n'en vaut pas la chandelle ou, si vous préférez, que la montagne a accouché d'une souris.

Et pourtant des mots sont là, des mots que sans le vouloir vous avez vous-même dégagés... « fait semblant » est là, qui étincelle, prometteur de riches gisements...

Oui, fait semblant, car personne raisonnablement ne peut penser que celui en qui le mot « mon petit » s'est déposé n'a rien senti... il faudrait, pour qu'il en soit ainsi, qu'il fût mort, évanoui, en état d'insensibilité hystérique, de catalepsie... aussi différent de nous que l'est un cadavre ou un dément.

Par conséquent, puisque nous sommes ici entre gens vivants et sains d'esprit, nous devons admettre que, comme nous le ferions si nous étions à sa place, il fait semblant.

Fait semblant? Mais qu'est-ce donc? Fait semblant? Mais pourquoi?

Ce qui est surprenant, c'est que si nous demandions à celui qui en un clin d'œil sans même réfléchir fait semblant, ou si nous nous posions à nous-mêmes cette question, la réponse que lui et nous ferions immanquablement serait : « Je n'en sais rien. »

Et comment pourrions-nous répondre autrement? Avons-nous eu le temps de nous arrêter pour considérer la situation? pour prendre une décision? Non, nous le savons bien, dans des cas comme ceux-là le temps nous presse, nous ne pouvons pas perdre une seconde, « faire semblant » ne nous le permet pas, pour que « faire semblant » puisse conserver son efficacité, il faut qu'aucune hésitation si infime soit-elle ne vienne troubler le cours uni de la conversation...

Et pourtant il est certain qu'un choix a été fait. Des alternatives se sont proposées, des impulsions ont dû être maîtrisées, des réflexes naturels réprimés...

Tout cela en moins d'un éclair...

Mais qu'on se donne la peine de le rattraper, de le retenir, de l'observer avec une certaine attention et on perçoit... pas aussitôt, pas facilement... c'est si confus, fuyant... à peine est-ce entrevu que cela a disparu... mais si l'on parvient à le fixer assez longtemps... regardez...

Celui en qui « mon petit » mêlé à d'autres mots s'est introduit, aussitôt l'en sépare, s'en empare, l'examine... c'est bien cela, impossible d'en douter, si étonnant que ce soit, dans le calme, dans la détente parfaite brusquement cette agression, pas la guerre, non, juste une inquiétante, intolérable incursion... à la faveur de l'état de paix une petite troupe s'est permis de franchir la frontière... Aussitôt ici l'alerte est donnée... inutile de sonner le branle-bas de combat, il suffit de recourir à un certain dispositif de défense très efficace en pareil cas... il est tout prêt, « Ne me dites pas mon petit » est là, des mots-fusées qui vont éclairer brusquement l'intrus, le mettre en fuite, lui servir d'avertissement, lui ôter l'envie de recommencer... « Ne me dites pas mon petit »... il suffit de les lancer...

Mais qu'attend-il ? Que lui est-il arrivé ? Il ne peut pas bouger, il est comme ligoté... c'est, qui de nous ne l'a éprouvé... c'est qu'il est pris dans le fil de la conversation ou plutôt que ce fil autour de lui s'enroule, le tient enfermé... il regarde ces mots qui sont là, tout près... mais il faut pour les atteindre, pour s'en emparer rompre ce fil, le déchirer et arrachant tout, bondissant au-dehors lancer, déclenchant la lumière aveuglante, le fracas : Ne me dites pas « mon petit »... et il n'en a pas la force, le lien qui l'enserre est trop solide, trop bien noué, il fait quelques mouvements pour se dégager, il tressaute faiblement et puis il renonce, il fait semblant...

Mais le voici qui bouge, s'agite doucement... est-ce pour faire une nouvelle tentative?... c'est un peu tard, il a laissé passer le moment... Non, il se tient bien sagement dans le fil de la conversation, il est clair qu'il ne cherche aucunement à le rompre... Il veut seulement... n'est-ce pas naturel? le renvoyer d'où il est venu, ce « mon petit »... il veut à son tour le glisser insidieusement tissé à d'autres mots dans le fil de la conversation... Oui, mais comment faire? Comment s'y prend-on? Quel drôle de mot, ce « mon petit »... il est un de ceux qui ne font pas partie de son vocabulaire, il ne s'en est encore jamais servi, il ne connaît pas son mode d'emploi, il faut pour bien le manier de l'expérience, de l'habileté... voici des mots qui pourraient aider à l'amener, des mots qui vont pouvoir le prendre en remorque : « Oh, vous savez... » ou bien : « Oh, écoutez... » il suffit de leur attacher « mon petit », ils arriveront à le tirer derrière eux : « Oh, écoutez, mon petit... » là, parmi ces phrases qui s'écoulent... « Oh, écoutez... » non, impossible d'y accrocher « mon petit », il n'y a rien à faire, « mon petit » se décroche, « Oh, écoutez » s'en va sans l'entraîner derrière soi, emporté par le courant.

Ce « mon petit » décidément est un mot d'une langue étrangère, il ne saura jamais bien le prononcer, il aura beau s'efforcer, il sera trahi par son accent. Il sera trahi par sa voix... déjà, sentant « mon petit » approcher... il n'y a rien à faire, elle ne se laisse jamais mater... la voici qui vacille, prête à flancher.

Et l'autre, rien de tout cela n'a pu lui échapper, l'autre le regarde amusé, apitoyé... le pauvret, « mon petit » l'a piqué au vif, le voici maintenant... grenouille cherchant comiquement à imiter... le voici se dressant sur ses petites jambes, tendant ses petits bras, qui veut à son tour lui appliquer, à lui, ce « mon petit »... comme s'il était capable de l'atteindre... comme si déjà depuis longtemps... mais comment le pauvre petit ne s'en était-il pas lui-même rendu compte ?

Oui, en effet, comment ? Quand, là-bas, dans l'autre, ce « mon petit » a-t-il pu se former ? Comment a-t-il pu se développer, mûrir, s'alourdir au point de se détacher, de tomber de ses lèvres ?... de tomber sur lui, de le recouvrir... « mon petit » l'enveloppe tout entier... « mon

petit » a été taillé à sa mesure... « mon petit »
était prêt depuis longtemps... il ne restait qu'à
l'ajuster... Un spasme le traverse, il bouillonne,
une vapeur brûlante, des bulles montent où il
voit... mais c'est lui-même, ce petit bonhomme au
sourire conciliant, au hochement de tête approbateur... et ici, c'est lui se ratatinant un peu... juste
pour que l'autre se sente plus grand, juste pour
jouer, juste pour rire... quelque chose pouvait-il le
diminuer, n'était-il pas hors de toute mesure ?...
s'ouvrant, se racontant, se confiant, se livrant, se
montrant « tel qu'il est »... pourquoi feindre ?
pourquoi se contraindre ?... n'était-il pas au-delà
de tout jugement ?... le voici encore se rappro-
chant toujours plus près, demandant... un enfant
s'adressant à un adulte... quêtant des conseils, des
avis, tandis que l'autre avec sollicitude se penche
sur son cas... tandis qu'en l'autre « mon petit » se
forme, va tomber... « mon petit » d'où il ne peut
plus se dégager... pas moyen de faire un mouvement... pas même une ébauche de sourire juste
pour marquer le coup en passant... non, surtout
pas, il ne faut rien montrer, il faut faire semblant...

Faire semblant, comme on fait lorsque l'autre
en vous parlant vous envoie quelques gouttes de
salive au visage et qu'on s'essuie doucement en
prenant garde que l'autre ne s'en aperçoive pas, il

ne faut rien lui montrer, ce serait indélicat, il ne l'a pas fait exprès...

Il ne l'a pas fait exprès, bien sûr que non, voyons, ce mot lui a échappé, c'est une cheville, un mot de liaison dont il lui arrive parfois de se servir sans aucune intention de se grandir, de désigner de son haut, de réduire à de ridicules proportions... il suffit de le regarder... il serait stupéfait de toute cette agitation, de ces troupes traversant les frontières, de ces fils qui enserrent, de ces mots-fusées, de ces remorques, de ces langues étrangères, de ces grenouilles, de ces bœufs, de ces vapeurs brûlantes, de ces bulles, de ces jeux, de toutes ces contorsions, de ces tremblantes tentatives... mais quel écorché vif, mais quel esprit vindicatif, soupçonneux, orgueilleux... et il aurait raison, au fond, n'est-ce pas? Comment vivrait-on si on prenait la mouche pour un oui ou pour un non, si on ne laissait pas très raisonnablement passer de ces mots somme toute insignifiants et anodins, si on faisait pour si peu, pour moins que rien de pareilles histoires?

Eh bien quoi, c'est un dingue...

« Eh bien quoi »... faites-le suivre, si vous le préférez, je vous en laisse le choix... de « c'est un timide, c'est un maniaque, c'est un égoïste, c'est un avare, c'est un paresseux, c'est un vaniteux, c'est un, c'est un, c'est un... » seulement n'oubliez pas, ne négligez pas surtout de le faire précéder de « Eh bien quoi »...

Quant à moi, parmi tous les mots qui se proposent, permettez-moi de donner ma préférence à « C'est un dingue »... Peut-être pour sa sonorité, pour cet air d'assurance satisfaite qu'il peut avoir quand il vient en se traînant en s'étirant se poser pesamment s'étaler... « Eh bien quoi, c'est-un-din-gue... » Et aussi parce qu'il permet d'aller plus loin, de s'enfoncer... Non, ce n'est pas vrai... « C'est un timide », « C'est un maniaque » ou tout autre mot de ce genre, s'il était traité comme il mérite de l'être, permettrait aussi bien ..

Mais moi, il y a longtemps que je suis tenté par « c'est un dingue »... Qui de nous ne l'a jamais entendu? Qui de nous ne l'a jamais prononcé? Qui maintenant ne me répond pas : « Eh bien quoi? »...

« Eh bien quoi, que voulez-vous? » « Eh bien quoi, qu'est-ce que vous en tirez? » « Eh bien quoi, qu'est-ce que ça fait? »

Oui, eh bien quoi, en effet... qu'y a-t-il là qui fait penser à un tremblement de terre, à une éruption de volcan, à un raz de marée?

Mais je me laisse entraîner... Veuillez pour quelques instants oublier ces excès. Laissez-moi le temps de réunir les conditions qui peut-être permettront à « Eh bien quoi, c'est un dingue » de se présenter devant vous tel qu'il m'est apparu, produisant... non, ne craignez rien, je ne recommencerai pas...

Donc tout d'abord cette condition : il faut que celui qui raconte... Ah qui raconte? Qui raconte quoi?... Attendez, ne me bousculez pas. Il est indispensable que celui qui se met à raconter ait la certitude que l'autre qui est là, devant lui, tout prêt à l'écouter, l'autre muni des mêmes sens que les siens, comme lui retirant et secouant son doigt qui vient de toucher une plaque brûlante, frissonnant et se pelotonnant quand il a froid, pleurant, riant de la même façon et pour les mêmes raisons... mais on n'en finirait pas d'énumérer tout ce qui peut lui donner la certitude que par-delà quelques apparences, quelques détails de peu d'importance l'autre lui ressemble...

Ainsi mis en confiance il se met à raconter... il faut reconnaître que parfois avant de se lancer il lui arrive d'éprouver une très vague sensation, comme une à peine perceptible appréhension... mais ce n'est pas le moment de nous arrêter à cela, nous risquerions de nous écarter, de nous égarer... bornons-nous à constater que repoussant toutes ces vagues sensations ou n'en éprouvant aucune de cette sorte, il vient montrer...

Là aussi, vous avez le choix, il vous suffirait de chercher... il y a tant de choses disséminées partout autour de nous sur lesquelles nous voudrions que quelqu'un doté des mêmes sens que les nôtres veuille bien, juste un instant... N'y a-t-il pas là ?... Est-il possible que vous ne perceviez pas comme moi ?... et on se met à raconter, on insiste avec avidité, avec espoir... tout comme celui qui maintenant montre à l'autre, le tire, veut le forcer... Ici, regardez...

C'est là, vous voyez sur le mur cette fissure, cette craquelure... par là quelque chose d'indicible doit filtrer, quelque chose suinte... on dirait que par-derrière une substance spongieuse tout imbibée laisse dégorger... Quoi donc ?... Qu'est-ce qui produit sur cet homme qui le perçoit des effets surprenants, exerce sur lui une attraction comparable à celle des rayons de la lune ?...

Voyez comme il s'agite, se lève, court, se courbe, se met à quatre pattes pour mieux voir, se redresse, repart, revient, ramenant du secours pour réparer, colmater, boucher, recouvrir, repeindre, lisser, effacer... est-ce certain qu'aucune trace ?... que plus rien... il s'écarte pour mieux observer, bien s'assurer, se rassurer, il frotte et lisse encore et ne se sent enfin apaisé...

Les lèvres de celui qui écoutait s'étirent pour sourire, elles s'ouvrent pour laisser tomber, se traînant lentement s'étalant pesamment... « Eh bien quoi, c'est-un-dingue... »

« Eh bien quoi c'est-un-dingue... »

Ce que ces paroles produisent en celui qui les reçoit ressemble à ce qu'éprouverait un cambrioleur occupé à inspecter, à fouiller une maison inconnue, tâtonnant dans l'obscurité, chuchotant... je crois que c'est là, par ici, fais attention, suis-moi... quand tout à coup une lumière brutale l'aveugle et que son compagnon, son complice, braquant sur lui un revolver lui crie : Haut les mains !

Ou encore, cela fait penser, ce que ces paroles

déclenchent, à ce que peut ressentir quelqu'un en train de se promener en compagnie d'un ami quand celui-ci tout à coup se jette sur lui, en un tour de main le ligote, le bâillonne et lui siffle à l'oreille : N'essaie pas de fuir. Tu es pris.

Avec cette attention que produit la conscience du danger, immobile, silencieux, se ramassant, se resserrant sur lui-même, rassemblant ses forces il veut comprendre... Que s'est-il passé ? Comment cela a-t-il pu arriver ? Où l'emmène-t-on ?... Il faut revoir calmement, lentement, reprendre depuis le début...

Un vacillement, un brouillage lui trouble la vue, l'empêche de distinguer avec netteté ce qui là, à la place où était son ami, vient de surgir... cet inconnu, avec ce regard indéfinissable, ce sourire...

A tout moment l'image familière, rassurante de l'ami reparaît, le recouvre, s'estompe, s'efface... mais pas complètement... on dirait qu'elle est toujours là, on l'aperçoit par transparence, les deux images se mélangent, s'embrouillent... Et puis de plus en plus l'inconnu s'épaissit, devient opaque, ne laisse plus rien transparaître... Il n'y a plus personne d'autre ici que lui, pesant, compact, lourdement lesté, solidement installé, lui qui était là depuis le début...

Quel aveuglement, quelle soumission aux faux-semblants n'avait-il pas fallu pour s'y méprendre...

Il était là, tel qu'il est maintenant, observant à distance, voyant venir... très vite mis sur ses gardes, alerté par ce ton où tremblait l'espérance, où vibrait la solidarité, où se répercutaient, se prolongeaient « les ondes pareilles aux rayons de la lune » qui devant les murs écaillés et les fissures font s'agiter comiquement, grotesquement s'accroupir, se mettre à quatre pattes, courir appeler du secours pour colmater, pour recouvrir... Mais il savait qu'on n'essayait pas de le faire rire, qu'on voulait sournoisement l'amener à regarder, à s'accroupir à son tour... à chercher... n'y a-t-il pas là, par-derrière... Ne sentez-vous pas, vous aussi ?...

C'est alors qu'à bout de patience, trouvant que le jeu avait assez duré... ou peut-être sentant lui-même percer... suinter... non, ce serait trop beau... c'est alors qu'il a jugé que le moment était venu de mettre le holà. Et y avait-il pour le faire un moyen plus efficace que celui-là : « Eh bien quoi, c'est un dingue. »

Comment ne pas s'émerveiller devant un pareil exploit ? Quelle science, quelle diabolique habileté, quelle puissance de réflexion, quelle rapidité de décision, de choix, ne faudrait-il pas posséder pour pouvoir ainsi obtenir des paroles tout ce dont elles sont capables ? Et cela sans l'ombre d'un effort, en un éclair... Sur un signe d'une inimaginable complexité, elles accourent, se rassemblent... « Eh bien quoi, c'est un dingue... »

« Eh bien quoi » tout d'abord, qui va lourdement passer sur toutes ces substances spongieuses, suintantes, tout assécher, tarir...
Et puis : « C'est un dingue »... et aussitôt le mur recule, se place à l'arrière-plan, c'est un mur des plus ordinaires, assez vétuste, avec ici et là un peu de salpêtre, quelques fissures. Rien d'indicible qui par-là se dégorge, s'infiltre... Vous auriez beau le gratter, vous ne trouveriez rien que du ciment, de la brique ou du plâtre... Vous pourriez le percer, vous ne verriez de l'autre côté qu'une rue, une cour, un jardin, une autre chambre...
Mais ce qui maintenant sur ce mur se détache, ce qui ressort, ce qui fixe sur soi nos regards, concentre notre attention, vous le reconnaissez : c'est un dingue.

« Un dingue »... modèle en qui sont rassemblées et isolées toutes les palpitations et les appréhensions devant Dieu sait quoi... N'importe quoi chez un dingue les déclenche.

« Un dingue »... mot de force par lequel toutes

les agitations et convulsions sont maîtrisées, placées en lieu sûr, mises sous clef, sous bonne garde.

« Eh bien quoi, c'est un dingue »... est une chambre forte. Rien du dehors ne peut passer à travers ses parois garanties à toute épreuve, d'une parfaite étanchéité.

« Eh bien quoi, c'est un dingue »... Rien à l'intérieur que ce qu'on a vu mille fois, rien d'autre que cette image, toujours la même, renvoyée, reflétée fidèlement par les surfaces polies de l'acier.

« Eh bien quoi, c'est un dingue »... Si par hasard, par impossible, ici, à l'intérieur de cette chambre forte, un germe passé inaperçu permettait que vienne au monde quelque chose où toute la vie semble se concentrer, quelque chose qui est la vie même, encore intact, humide, aveugle, pareil aux chatons, aux chiots nouveau-nés, si cela cherchait tout tremblant, titubant, à se frayer une issue, cela se heurterait partout à la rigidité, la compacité du métal.

Voilà, il le voit maintenant, c'est là qu'il a été conduit et enfermé, quand croyant s'adresser à son semblable, son ami, il a voulu l'emmener il ne savait où, quelque part hors des chambres fortes... quand il a essayé d'attirer son attention en se servant craintivement, pudiquement, de ce pauvre homme qui se lève, parfois même la nuit, pour regarder, pour arrêter, retenir, colmater... quand il l'a poussé devant soi lâchement pour se protéger... mais il a été pris avec lui, enfermé lui aussi... « Eh bien quoi, c'est un dingue » dresse autour de lui ses murs étanches.

Et moi, qui ai pris tant de précautions, qui ai cru bon de m'entourer d'une double protection, comment m'empêcher, pendant que je vous raconte cette histoire, de vous imaginer par moments m'observant avec cet étrange regard, ce sourire, et vous disant à vous-mêmes : « Eh bien quoi, c'est un dingue. »

Ne me parlez pas de ça

Il y a un jeu auquel il m'arrive parfois de songer... C'est un de ceux dont on peut affirmer à peu près à coup sûr que nous serions, vous et moi — si vous acceptiez d'y participer — les premiers et les seuls à y jouer.

Il n'y a là, me dites-vous, rien dont on doive se réjouir par avance. Et vous avez raison. Mais ce qu'on ne peut nier, c'est que ce jeu, quel qu'il soit, présenterait à tout le moins l'avantage de nous changer un peu de nos habituels amusements.

Son point de départ serait, vous vous y attendez, une certaine phrase, des paroles que peut-être comme certains d'entre vous j'ai entendu prononcer. Si je les choisis, c'est qu'elles me semblent pouvoir... je ne saurais pas encore bien dire pourquoi, j'espère le découvrir... elles me font espérer qu'elles pourront me permettre d'inventer un jeu à ma façon, avec ses alternatives, ses péripéties.

Commençons donc par imaginer... car il n'est guère possible de le faire pour de bon sans éveiller la méfiance, sans faire naître le soupçon que « ça ne va pas dans notre tête », sans risquer de faire dire de nous que nous « ne tournons pas rond »...

Contentons-nous d'imaginer que nous posons à des gens, pris un peu au hasard, cette question : Vous serait-il possible, au cours d'une conversation, quand votre interlocuteur vous parle de quelque chose qui éveille chez vous un sentiment désagréable... mettons d'ennui... ou un malaise vague ou même précis... êtes-vous capable de l'interrompre en lui disant : « Ne me parlez pas de ça. » ?

Imaginons encore que chaque personne interrogée, sans se dérober le moins du monde, nous répond.

« Ne me parlez pas de ça », dites-vous... Mais comment donc ! Je le dis souvent. Oui, quand ce qu'on me raconte ne me convient pas, pour une raison quelconque... rien ne m'oblige à la donner « Ne me parlez pas de ça », c'est tout. Oui, sans explication. Qu'y a-t-il là, je ne comprends pas. — Rien, rien pour le moment. Merci de votre réponse. Mais ne partez pas, pas encore, restez là, nous aurons encore besoin de vous. » Et avec cette docilité qui fait un des charmes de ce jeu, celui qu'on vient d'interroger se met sur le côté, et, silencieux, mais attentif à tout ce qui va se passer, il attend.

A celui-ci maintenant, posons-lui la même question. Il paraît un peu surpris. Son regard devient pensif, il répète les mots en les étirant... « Ne-me-parlez-pas-de-ça »... Attendez que je cherche... Ah oui... « Ne me parlez pas de ça... » comme ça, à brûle-pourpoint, à propos de ce que l'autre vous dit... quand il est évident qu'il ne se rend aucunement compte... quand il est visiblement plein de bonne volonté... et sans lui donner d'explication. Juste : « Ne me parlez pas de ça. » Son regard de plus en plus songeur semble s'enfoncer toujours plus loin.. et puis revient vers nous avec une expression un peu gênée, presque fautive... Non, ça, ainsi, sans plus, je ne le dirais pas... — Très bien, merci, mettez-vous là. Veuillez avoir cette obligeance. — Mais bien sûr, non, je suis très bien là, ne vous inquiétez pas... » et il se range.

Et maintenant à cet autre. « Ne me parlez pas de ça » ? La surprise, presque de l'effroi se voit sur son visage. « Comment ? Ainsi, brusquement, au milieu d'une conversation ? Mais voyons, c'est impossible. Vous n'y pensez pas... Jamais, j'aurais beau chercher... D'ailleurs quelqu'un qui se permettrait quand je lui parle, quand je lui raconte... Non vraiment, c'est impensable. — Merci beaucoup. Mais ne nous en veuillez pas, nous ne voulions pas vous offusquer. Mettez-vous là, si vous le voulez bien, puisque vous avez eu la gentillesse de nous répondre, et attendez un peu. »

Petit à petit nous rassemblons ainsi ceux qui ont fait en gros la même réponse. Nous les séparons en deux groupes que nous plaçons l'un en face de l'autre, à une certaine distance, et que je vous propose pour la commodité de désigner par « Ceux qui peuvent » et « Ceux qui ne peuvent pas ».

On peut constater... c'est une remarque que je fais juste en passant... que rien dans leur aspect n'aurait permis de prédire, sans risquer fort de se tromper, ce que pourrait être leur réponse. On voit parmi « Ceux qui ne peuvent pas » de gros rougeauds costauds et bien carrés, et, parmi « Ceux qui peuvent », des maigrichons fragiles aux pâles visages émaciés. Ce qui confirme une fois de plus combien nous avons tort de continuer, malgré tant de mises en garde et de déceptions, à juger, comme le souriceau de la fable, les gens sur la mine.

Maintenant, le long de ces groupes immobiles promenons lentement comme un appareil détecteur cette même question : Vous est-il possible de dire : « Ne me parlez pas de ça » ? Répétons-la, insistons : « Ne me parlez pas de ça. » Pouvez-vous le dire ?

Dans le groupe de « Ceux qui ne peuvent pas » se produisent des remous... Sous l'effet de « Ne me parlez pas de ça », certains se mettent à s'agiter... en voici un qui se détache des autres et s'avance... Que veut-il ? Qu'est-ce qu'il y a ?... Vous pouvez dire ça ? Il hoche la tête d'un air satisfait — Oui, je peux le dire... Je viens de me rappeler que j'ai dit tout récemment : « Ah, ne me dites pas ça. » — Vous parlez sérieusement ? — Mais bien sûr, voyons, j'ai pu, moi aussi... — Vous ne nous révélez pas tout... Vous avez prononcé ces paroles au cours d'une discussion ? — Oui, c'est vrai. — Sur un sujet précis ? — C'est vrai aussi... — Vous avez repoussé ainsi un certain argument ? — Je crois que c'est ça... — Alors que voulez-vous ? Pourquoi nous faire perdre notre temps ? « Ne me parlez pas de ça » s'applique globalement à tout ce que l'autre vous raconte... tout, comprenez-le... Non, vous ne voyez pas l'énorme différence... Alors réfléchissez et en attendant ayez la bonté de retourner là où vous étiez, parmi « Ceux qui ne peuvent pas ».

D autres encore s'agitent, discutent entre eux... Que dites-vous ? Venez ici et dites-le à haute voix. — Eh bien, nous pensons que nous n'appartenons pas à ce groupe... c'est une erreur... — Tiens, et pourquoi ? — Parce qu'elle, par exemple, vient de me raconter qu'il lui est arrivé de dire : « Ne parlons pas de ça... » — Vraiment, c'est à désespérer. Que la personne qui a pu dire « Ne parlons pas de ça » sorte des rangs. Ah c'est vous ? Et vous trouvez que « Ne parlons pas de ça » équivaut à « Ne me parlez pas de ça » ? On entend parmi « Ceux qui peuvent » des glousse-ments... Vous voyez, « Ceux qui peuvent » vous trouvent drôle. Imaginer que dire « Ne parlons pas de ça »... ainsi, en s'effaçant, sans employer le mot « me », en le remplaçant par « nous », et en amenant l'autre d'un même mouvement à s'écar-ter de la voie où ils s'étaient engagés ensemble... Mais c'est à se demander si vous étiez de bonne foi... si vous n'espériez pas que nous serions assez distraits pour confondre... Non, impossible de vous laisser passer de l'autre côté. D'ailleurs, à entendre leurs ricanements, il est à craindre que « Ceux qui peuvent », et vous savez qu'ils n'y vont pas de main morte, vous réservent un accueil... Non, non, restez donc là.

Cependant chez « Ceux qui ne peuvent pas » persiste une certaine agitation... Y en a-t-il d'autres ici qui pensent ne pas appartenir à ce groupe ? On s'écarte avec des sourires indulgents pour laisser s'avancer celui-ci, tout rougissant... Comment ? vous êtes capable de dire : « Ne m'en parlez pas » ! De toutes parts des rires fusent... Y a-t-il ici quelqu'un qui veuille bien lui expliquer que « Ne m'en parlez pas »... Mais est-il possible qu'il ignore que « Ne m'en parlez pas », c'est le contraire de « Ne me parlez pas de ça », que cela marque un acquiescement, un accord, une parfaite entente. Il n'y a personne qui ne puisse dire ça : « Ah ne m'en parlez pas »... Très bien, vous vous en occuperez ? Allons, retournez gentiment près de cette dame, là-bas, elle va vous faire comprendre...

Maintenant que tout est en ordre, la seconde partie de notre jeu commence. Nous tournant vers le groupe de « Ceux qui peuvent », nous leur posons la question : Comment se fait-il que vous puissiez le dire ? Et à « Ceux qui ne peuvent pas », nous demandons : Comment se fait-il que vous ne le puissiez pas ?

« Ceux qui peuvent » ont l'air plus embarrassés que les autres... Ils se regardent, ils haussent les épaules... On les entend murmurer... « Quelle question... C'est pourtant clair... Vous l'avez dit vous-même : Quelqu'un vous parle de quelque chose qui vous ennuie, qui vous agace, vous ne voulez pas l'entendre... Alors quand vous en avez ras le bol, vous lui dites « Ne me parlez pas de ça »... C'est votre droit. Oui, sans explication Est-on obligé de lui faire des confidences ? »

Du groupe de « Ceux qui ne peuvent pas » partent des cris indignés : C'est incroyable.. tenez, la voici, notre réponse, elle n'est pas difficile à trouver. Nous ne pouvons pas dire ça parce que c'est mal élevé, parce que ça ne se fait pas. Parce que c'est impoli. Parce que c'est une goujaterie...

« Ceux qui peuvent » nous regardent d'un air apitoyé... « Alors vous voilà bien avancés : Ça ne se fait pas. C'est impoli. C'est une goujaterie. Ils croient s'en tirer par des insultes... Mais dites donc, qui vous permet ?... Si pour vous le jeu consiste en ça, nous pouvons en faire autant : Vous êtes des timorés, des conformistes, c'est de la lâcheté, de l'hypocrisie... »

Il faut s'interposer : Non, je vous en prie, arrêtez. Personne jusqu'ici n'a su répondre... « Parce qu'on en a ras le bol »... « Parce que c'est mal élevé »... ce ne sont pas des réponses, c'est reculer pour mieux sauter...

Après un assez long silence, de l'un et l'autre camp partent les mêmes protestations : Comment voulez-vous qu'on trouve... comme ça... Il faudrait voir dans quelles circonstances..

Il faudrait le revivre... Oui, pouvoir reconstituer...

Ah voilà, c'est ce qu'il fallait attendre. Il vous faut un cas précis, vous avez bien raison. Pas un cas particulier dont les implications, la complexité risqueraient de nous embrouiller, de nous distraire de l'essentiel. Il faut un cas-modèle. Un produit pur. Une quintessence. Un réactif assez puissant pour agir de la même façon sur tout le monde.

En voici un, tenez, parmi tous ceux qu'on peut vous proposer : Deux personnes sont en présence... en visite l'une chez l'autre ou réunies à une table de café ou se promenant ensemble, peu importe... Mais ce qui est important, c'est qu'elles se sentent obligées ou même qu'elles ont envie de se parler. En tout cas elles savent qu'il est impossible, sinon pour un délai très limité, de garder le silence... Ici pas de questions ? Même parmi « Ceux qui peuvent » ? C'est un soulagement, car s'il fallait maintenant nous occuper de cette impossibilité de garder le silence... Donc deux personnes sont en présence et elles ne peuvent, sans éprouver une sensation de gêne que tous nous connaissons, s'arrêter de parler... ni non plus se quitter, ce n'est pas encore le moment... Alors, comme il se doit, à tour de rôle elles parlent.

Et maintenant imaginez que c'est vous, en ce

moment, qui écoutez... Les infimes instruments mouvants, prenants dont doit disposer notre cerveau et qu'on peut, faute de mieux, se représenter très grossièrement comme des vrilles, des tentacules, des doigts, des pinces se tendent pour palper, appréhender ce qui vous est présenté là, l'enserrer de toutes parts, le porter et le déposer à la place que cela doit occuper.

Alors l'autre se répète... et dûment vos petits tentacules à nouveau se soulèvent, se tendent... et que trouvent-ils, cette fois ? Une chose toute plate, inerte comme une plate copie... rien à quoi ils puissent s'accrocher, rien qui bouge, les excite, les incite à le saisir, l'enserrer... ils retombent sans rien ramener, se recroquevillent, s'affaissent... tandis que la chose sans vie mue par sa force d'inertie va d'elle-même se placer en vous sur ce qui a été déposé, le recouvre... Et voici que de nouveau la même chose vous est envoyée, plus inerte encore, plus plate, et de nouveau vos petites vrilles, cette fois plus faiblement, se soulèvent et aussitôt retombent... tandis que la chose sans vie irrésistiblement va se déposer, recouvrir... et puis la même opération recommence... mais vos vrilles, tentacules, doigts, pinces ne bougent plus, ils sont ratatinés, atrophiés... la chose morte va toute seule se déposer, se superposer à ce qui est déjà là... Et à chaque répétition, dans votre cerveau

130

endolori, tuméfié, la chose toujours plus aplatie, plus lourde, s'incruste, s'épaissit, se durcit, appuie... et de nouveau...

Du groupe de « Ceux qui peuvent » partent des cris : « Ne me parlez pas de ça »... Dans l'autre groupe certains s'effondrent, d'autres s'épongent le front... Alors ? Y a-t-il quelqu'un ici ? Non ? Ah si, vous ? Vous l'avez dit ? Et vous aussi ? Bon, très bien... Dans ce cas veuillez vous placer là, avec « Ceux qui peuvent ». Mais vous, qui ne pouvez pas... toujours rien ? Aucune réaction ?

« Ceux qui peuvent » ont l'air de s'amuser, on les entend rire... certains rentrent la tête dans les épaules, lancent autour d'eux des regards peureux... « C'est que, voyez-vous, ces gens-là, qui ne peuvent pas, ils sont si bien élevés, si soucieux de respecter les convenances... Ça ne se fait pas, ils vous l'ont dit, plutôt subir toutes les tortures que de se permettre... de commettre une goujaterie... ça jamais... »

Par un petit signe approbateur nous marquons à « Ceux qui peuvent » que nous leur sommes reconnaissants de nous venir en aide avec ces taquineries, ces agaceries... Et en effet, elles parviennent à provoquer chez certains de « Ceux qui ne peuvent pas » comme de légers sursauts, de faibles protestations... « Non, ce n'est pas ça... » Ah, ce n'est pas ça ? Pas ça, vraiment ? il nous faut faire un effort pour ne pas trop montrer notre avidité, pour contenir en nous l'espoir qui monte et leur demander aussi posément que nous le pouvons : Pas ça, dites-vous... Pas le respect des convenances ?... Mais alors, qu'est-ce que c'est ?... Un instant ils paraissent hésiter... et puis ils hochent la tête, ils se regardent... — Non, je ne sais pas... Et vous ?... Je sais que je ne peux pas, c'est tout... Moi non plus, je préfère attendre... le supplice ne peut pas s'éterniser. Il y a toujours un moment où il faut bien que les gens qui ont la manie de se répéter s'arrêtent... »

Mais que cela ne nous décourage pas. Essayons encore... peut-être, cette fois, aurons-nous cette chance... Si vous le voulez bien, puisque vous avez tant de patience, imaginez un autre cas très différent du précédent. Cette fois-ci, plus aucun rabâchage. Ce que les paroles toujours neuves vous apportent et que tous vos tentacules tendus appréhendent, agrippent, transportent, déposent en vous, s'agrandit sans cesse, s'étend, vous donne la sensation d'avancer à travers des espaces mornes... de suivre des couloirs sans fin... de patauger dans des marécages... d'essayer de vous frayer un chemin dans l'épaisseur menaçante des jungles... vous voulez vous échapper, mais avec une inexorable fermeté vous êtes poussé, forcé d'avancer... toujours plus loin... vers quelque chose devant quoi tout en vous se rétracte, se hérisse... Vous ne pouvez plus hésiter... vous avez là un talisman qui va en une seconde... il suffit que vous disiez... « Ceux qui peuvent » vous donnent l'exemple, faites comme eux et vous serez délivrés, le mauvais rêve va s'effacer... dites : « Ne me parlez pas de ça. »

« Ceux qui ne peuvent pas » restent un moment comme assommés... et puis ils regardent loin devant eux avec des yeux d'hallucinés... Alors nous faisons signe à « Ceux qui peuvent » de se tenir cois et nous demandons doucement, sans les brusquer, à « Ceux qui ne peuvent pas » : Dites-nous, vous le pouvez maintenant, dès que les mots : « Ne me parlez pas de ça » ont été prononcés, vous avez eu l'air... — C'est vrai, moi, quand j'ai entendu ces mots... — « Ne me parlez pas de ça » ? — Oui, aussitôt toutes ces mornes étendues, ces couloirs sans fin, ces maré-cages, ces jungles, ces choses menaçantes... d'un seul coup tout a disparu, comme vous l'aviez prédit... Oui, pour moi aussi... Ces paroles m'ont comme arraché à tout ça... Elles m'ont saisi, soulevé et elles m'ont transporté là-bas, chez l'autre... Oui, celui à qui on a osé lancer... alors... — Alors ? — Attendez, c'est si difficile, à retrou-ver... Si vous pouviez nous aider... — Mais nous ne demandons pas mieux, tout ce que vous voudrez... — Il faudrait nous répéter... nous ne pouvons pas le dire nous-mêmes... — « Ne me parlez pas de ça » ?... — Oui, vous pourriez peut-être demander à ceux-là, ils savent le dire si bien... — Qu'à cela ne tienne : « Ceux qui peuvent » voudront-ils avoir la bonté ?... L'un d'entre eux prononce alors avec la plus exacte intonation qu'il nous soit possible de souhaiter : « Ne me parlez pas de ça. »

Des rangs de « Ceux qui ne peuvent pas » partent des exclamations étouffées... Nous les pressons... Eh bien... — Eh bien, cette rougeur qui lui est montée au visage quand il l'a reçu ainsi, de plein fouet, je la sens, la même chaleur m'inonde... Comme lui j'en ai le souffle coupé... Quant à savoir ce qui s'est passé... C'est si rapide, si condensé... » Nous levons la main vers « Ceux qui peuvent » et aussitôt « Ne me parlez pas de ça » retentit... « Ceux qui ne peuvent pas » se ramassent sur eux-mêmes, ils ferment les yeux, ils serrent les poings... « Voilà... je crois que ça se dessine... Il est en train de parler, il raconte .. Et tout à coup... » Sans même que nous intervenions « Ne me parlez pas de ça » est envoyé... décidément « Ceux qui peuvent » semblent s'être pris au jeu... « Oui, c'est ça... il parle, ses paroles coulent de source... elles jaillissent de sa source... les voix fiévreuses de " Ceux qui ne peuvent pas "

se mêlent... la source de vie... sa vie... sa sève...
elle monte... et brusquement un coup de sécateur,
de serpe, de hache... regardez comme il s'affaisse,
il se vide de son sang. »

« Ne me parlez pas de ça »... Un coup de pied
repousse l'embarcation, si frêle, sur laquelle serré
contre vous il essayait de traverser... au milieu des
récifs, des courants, des crocodiles... vous étiez
embarqués ensemble... et vous avez sauté à terre,
vous l'avez laissé partir seul à la dérive...

« Ne me parlez pas de ça »... Voyez comme il
s'avance, libre, confiant, en pays ami, en pays de
connaissance, à l'intérieur du même pays, notre
patrie à tous... et tout à coup ce poste-frontière,
ces gardes armés, ces douaniers mesquins, har-
gneux, qui fouillent... Qu'est-ce que c'est ? Mais
des cadeaux, des souvenirs pour nous, ses pro-
ches... Ils les sortent, les inspectent, les jettent
brutalement, les confisquent...

« Ne me parlez pas de ça »... Sur une route
herbeuse, en pleine campagne soudain ce feu
rouge... un flic ganté de blanc lève son bâton...

« Ne me parlez pas de ça »... Mais comment...
mais c'est un cauchemar... Celui qui est assis

devant lui à cette table est un examinateur... et il lui donne... mais qu'a-t-il donc pu dire qui mérite ce zéro?

« Ne me parlez pas de ça »... Attention, vous savez où vous êtes?... Un greffier invisible inscrit toutes vos paroles... Tout ce que vous dites peut être retenu contre vous.

« Ne me parlez pas de ça »... Ne vous avait-on pas prévenu que c'était une audience, que vous aviez l'honneur d'être reçu par un grand personnage? Vous auriez dû prendre garde à chacune de vos paroles. Vous avez commis une imprudence. Vous avez déplu. Vous êtes congédié. Sur un signe de leur maître, des valets insolents et brutaux vous reconduisent...

« Ne me parlez pas de ça »... Mais où croyez-vous être? Entre concitoyens, en temps de paix? Vous ignoriez que vous étiez dans un pays que des troupes ennemies occupent? Vous ne connaissiez pas les ordonnances? Vous les avez violées, une patrouille vous a vu, on vous a mis en joue, on tire... dans sa tête avec un bruit énorme ça explose...

Soudain, les yeux injectés de fureur, « Ceux qui

peuvent » marchent sur « Ceux qui ne peuvent pas », ils crient... Mais on voit que ce n'est plus pour jouer, ce n'est plus pour rire... ils leur crient... c'est à ne pas croire... ils leur crient, à eux : « Ne me parlez pas de ça. »

Je ne comprends pas

Je ne l'ai pas fait moi-même, du reste si je l'avais fait, la modestie ne devrait-elle pas me retenir de me targuer d'un tel exploit? J'ai seulement eu la chance d'en être le témoin, ou peut-être l'ai-je rêvé, mais alors c'était un de ces rêves que nous parvenons difficilement à distinguer de ce qui nous est « vraiment » arrivé, de ce que nous avons vu « pour de bon ».

Deux personnes assises sur un banc de jardin dans la pénombre d'un soir d'été paraissaient converser. Quand on s'en rapprochait, quand on s'asseyait non loin d'elles, on s'apercevait qu'une seule parlait et que l'autre ne faisait qu'écouter.

Que disait-elle? on ne comprenait rien... Pourtant toutes ces paroles qu'on entendait, on n'avait pas de peine à les reconnaître. Elles étaient de celles, familières, qui se présentent d'ordinaire tout emplies de leur sens, faisant corps avec lui... mais ici, tandis qu'accolées l'une à l'autre elles défilaient, leur sens... Où était-il passé ? On avait beau le chercher...

Mais, me direz-vous en souriant, car tant de naïveté, tant d'ignorance font sourire, ce que vous entendiez là, n'était-ce pas simplement un poème longuement élaboré, puis récité, ou jailli sous la poussée de l'inspiration ?... Oui, je sais... quand le fracas des mots heurtés les uns contre les autres couvre leur sens... quand frottés les uns contre les autres, ils le recouvrent de gerbes étincelantes.. quand dans chaque mot son sens réduit à un petit noyau est entouré de vastes étendues brumeuses... quand il est dissimulé par un jeu de reflets, de réverbérations, de miroitements... quand les mots entourés d'un halo semblent voguer suspendus à distance les uns des autres... quand se posant en nous un par un, ils s'implantent, s'imbibent lentement de notre plus obscure substance, nous emplissent tout entiers, se dilatent, s'épandent à notre mesure, au-delà de notre mesure, hors de toute mesure ?...

Qui de nous ne sent tout cela d'un seul coup, en un instant, mieux que ne peuvent parvenir à le saisir les efforts laborieux d'un langage démuni ?

Mais ici, croyez-moi, il n'y avait pas moyen de s'y méprendre. Chaque parole était de celles, bien nettes, carrées, que leur sens occupe tout entières, pas d'espaces brumeux en elles, autour d'elles aucun halo, entre elles pas la moindre distance. Elles étaient posées sagement les unes contre les autres, poussées par une idée, reliées par le fil bien tendu d'un raisonnement... le ton pénétrant, obstiné de la persuasion cherchait à les faire entrer dans l'esprit de celui qui les entendait pour le contraindre à leur apporter son adhésion, pour installer en lui la conviction, la certitude.

Et aussitôt, comme toujours, son esprit alerté appelle, fait accourir, sélectionne, rassemble tout ce qu'il possède de plus habile, de mieux entraîné, de plus apte à attraper ce qu'on lui lance... une idée... par un bout il la saisit... Mais que lui arrive-t-il? Elle lui échappe comme tirée en arrière... comme par un effet de boomerang elle revient à son point de départ... la voici là-bas, retrouvant son élément, s'animant, devenant un être vivant, pareille à un serpent elle se tord, elle se roule, s'entortille sur elle-même, se contorsionne, pareille à un ver elle se tronçonne, elle se convulse et se disloque comme un homme en proie à la danse de Saint-Guy, en toute licence, coquettement elle se trémousse, se cajole, se caresse à elle-même, fait des grâces... impossible de s'en emparer, elle joue à cache-cache, se dissimule dans des dédales, se perd dans des méandres...

Et puis revient, se tend de nouveau, s'offre, se

propose, veut s'imposer... Une idée revêtue de toutes les formes exigées, se présentant conformément aux convenances... Les mots qui la revêtent, à part quelques inversions seyantes, quelques brisures, sont disposés dans l'ordre qu'impose la raison, ils remplissent dûment leur fonction... substantifs, adjectifs, pronoms et verbes docilement s'accordent, prépositions et conjonctions sagement introduisent et relient...

Mais cette construction de solide apparence, quand on l'ouvre, quand on y entre, on s'aperçoit qu'elle n'est qu'une façade comme celles de ces fameux villages que Potemkine faisait dresser sur le passage de la Grande Catherine... ce qu'on trouve par-derrière n'est que ruines inhabitées, terrains vagues, herbes folles...

Mais tandis que sans interruption les paroles se succèdent revient cette impression qu'une idée doit être là... tel le furet, d'une phrase d'une parole à l'autre elle court... on croit la voir, c'est ici qu'elle doit être, dans cette parole qui passe et repasse plus souvent que les autres... on s'efforce, on l'attrape, on la retient, on l'examine... Mais bien sûr, son sens n'est pas, ne pouvait pas être celui qu'au premier abord on lui voyait. Elle en a un autre, le voici, c'est lui, c'est ce sens-là... il suffit de le lui injecter et, remplie à nouveau, ranimée et remise dans le circuit, elle va pouvoir se rattacher aux autres, s'unir à elles, elles vont mutuellement se renforcer et à travers elles enfin le raisonnement, l'idée... mais au contact des autres, comme si leurs sens étaient incompatibles, se détruisaient, elle se creuse, s'aplatit... et les autres auprès d'elle comme elle s'affaissent, vides de tout sens.

Sans cesse de nouvelles paroles arrivent et aussitôt s'étiolent... Celui en qui elles se déposent a l'impression que son esprit est devenu une terre ingrate d'où des émanations asphyxiantes se dégagent, un champ jonché de paroles sans vie...

Et nous qui écoutons auprès de lui, nous comme lui désolantes terres stériles, nous, dégageant des vapeurs mortelles... nous tout couverts de paroles vides, nous comme lui plongés dans la nuit, sans bien comprendre ce qu'il nous arrive. serait-ce un décollement de la rétine?... nous, perdant à chaque phrase l'équilibre, comme sur ces escaliers de foire dont les marches mouvantes se scindent et s'écartent... nous gardons obstinément, nous sommes tous ainsi faits, un peu d'espoir...

Et si celui à qui ces paroles sont envoyées allait tout à coup... il suffit de quelques mots... Mais va-t-il avoir le courage de les dire?... On a envie de le pousser... qu'il le fasse donc, qu'il l'ose... nous le ferions à sa place... Nous le ferions?... Vraiment? soyons sincères... Nous oserions?... il nous est arrivé de le faire?... Nous avons osé dans les mêmes conditions interrompre fermement?... Vous avez osé prononcer ces paroles, vous avez dit : « Je ne comprends pas »?... Allons, avouez que vous vous trouviez dans d'autres circonstances, vous étiez un examinateur interrompant le bredouillement confus d'un candidat. Vous étiez avec un camarade un peu fatigué ou paresseux, dans l'insouciance d'une grande entente, d'une parfaite égalité... que pouvait-il vous arriver?

Mais ici, vous savez bien quels sont les risques. Qu'il dise tout à coup, je tremble déjà et me recroqueville... qu'il dise à celui qui lui parle, qu'il lui dise sur ce ton digne et sûr qui convient : « Je ne comprends pas »... ne me dites pas que vous ne savez pas ce qui peut se produire... que vous ne vous êtes jamais demandé ce qui retient tous ceux, si nombreux, dont les esprits à chaque instant sont transformés en champs dévastés couverts de cadavres, ceux qui se rendent en masse, abandonnent toutes leurs armes, renoncent à tous leurs droits... ceux qui se laissent docilement réduire en esclavage... ceux qui cherchent la protection d'un maître... De quoi ont-ils donc si peur pour ne pas essayer de défendre leur dignité, leur indépendance, en disant : « Je ne comprends pas »?

Il semble bien que celui qui est là, assis sur ce

banc, ne soit pas, comme on dit, « de la race des héros et martyrs » et je ne suis pas de ceux qui lui jetteraient la pierre. Comme les habitants des villes conquises qui couvrent leurs balcons d'insignes, de drapeaux montrant leur reddition, il arbore sur son visage, dans ses yeux la compréhension, l'adhésion... Il est à craindre que ce banc dans l'ombre de ce jardin ne soit encore un de ces obscurs lieux de torture, d'abjecte trahison...

Mais tout à coup, mais est-ce possible ? d'une voix parfaitement posée, le voici qui prononce ces mots : « Je ne comprends pas. »

« Je ne comprends pas. » Il l'a osé. Il a pris sur lui de courir ce risque. Un risque énorme et pas seulement pour lui. Que l'autre maintenant brusquement se taise et appuie sur lui ce regard chargé de commisération, de surprise, qui le repoussera doucement, le rejettera dans les ténèbres, qu'il s'enveloppe de silence le temps de reprendre ses biens, ses paroles éblouissantes, de les enfermer, pour toujours inaccessibles, dans un coffre-fort dont il ne révélera pas le chiffre, et celui qui s'est montré indigne de recevoir de telles richesses, et moi, et nous tous, indignes comme lui, serons comme lui réduits, pitoyables cerveaux en peine, à errer nostalgiquement autour, à jamais dépourvus, indigents.

Ou bien... ce qui effraie autant les âmes sensibles... « Je ne comprends pas », lancé avec une invincible assurance, brutalement réduira l'autre au silence, il perdra la parole... Peut-être le verra-t-on essayer piteusement de la retrouver, balbutier, bafouiller... Mais non, il restera privé de parole... elle lui a été retirée... « Je ne comprends pas » l'a arrachée à son emprise. Il l'avait dévoyée, capturée, séquestrée... voyez ce qu'il a fait d'elle : son pauvre corps nu que le manque de nourriture a boursouflé... Vous avez vu à quel usage il s'est permis de s'en servir, comme il l a asservie à ses besoins pervers, réduite à n'être qu'un instrument dont il se sert pour pervertir, pour escroquer, terroriser, soumettre, opprimer...

Mais ce qui maintenant se produit pourrait faire croire que tout cela décidément n'était qu'un rêve, si l'on perdait de vue que ce que les rêves nous montrent de plus invraisemblable n'est rien, quand on le compare à ce que nous offre parfois « la réalité ».

A ces mots, « Je ne comprends pas », voici que l'escroc, le pervers, le tortionnaire, l'oppresseur se tourne vers celui qui les a proférés, la reconnaissance, la joie ruissellent de ses yeux, il lui pose les mains sur les épaules, il les serre, il lui prend la main, il la secoue... « Ah bravo, Ah merci... si vous saviez... je perdais déjà l'espoir, c'est si rare, ça ne se produit presque jamais... j'ai beau m'efforcer, accumuler les absurdités, l'incohérence... prendre au hasard et assembler des mots sans suite... j'ai beau emprunter sans vergogne aux plus éhontés de nos charlatans, aller jusqu'aux extrêmes limites, il n'y a rien à faire, personne ne bronche, tout le monde accepte, acquiesce... Mais vous !... Ah, c'est une chance... »

En une seconde le malaise, le mécontentement d'avoir été mis à une si rude épreuve, d'avoir à son insu été utilisé pour une expérience, ont disparu, un sentiment de bonheur les recouvre...

La menace est écartée. Tout est en paix. En ordre. L'ennemi s'est métamorphosé en allié Ce lieu de séquestration, de torture, est devenu un îlot de résistance. Au milieu des océans d'obscurantisme, de charlatanisme, de terrorisme, de conformisme, de lâcheté qui l'entourent, il est un lieu où la parole est en sécurité. Où elle est entourée du respect, des honneurs qu'elle mérite. Restaurée dans tous ses droits, capable de remplir comme il convient les devoirs que lui imposent ses lourdes charges... Qui pourrait la remplacer ? Ici le courage, la justice, la liberté triomphent, les méchants sont mis hors d'état de nuire, les bons reçoivent leur récompense...

Mais vraiment c'est à croire que toute cette belle, trop belle histoire n'était finalement rien d'autre qu'un conte de fées.

DU MÊME AUTEUR

Aux Éditions Gallimard

MARTEREAU, *roman* (Folio n° 136).

PORTRAIT D'UN INCONNU, *roman* (Folio n° 942). Première édition : Robert Marin, 1948.

L'ÈRE DU SOUPÇON, *essai* (Folio Essais n° 76).

LE PLANÉTARIUM, *roman* (Folio n° 92).

LES FRUITS D'OR, *roman* (Folio n° 390). Prix international de littérature.

LE SILENCE, LE MENSONGE, *pièces.*

ENTRE LA VIE ET LA MORT, *roman* (Folio n° 409).

ISMA, *pièce.*

VOUS LES ENTENDEZ ?, *roman* (Folio n° 839).

« DISENT LES IMBÉCILES », *roman* (Folio n° 997).

THÉÂTRE :

Pour un oui ou pour un non — Elle est là — C'est beau — Isma — Le Mensonge — Le Silence.

L'USAGE DE LA PAROLE (Folio n° 1435).

POUR UN OUI OU POUR UN NON, *pièce.*

ENFANCE (Folio n° 1884 et Folio Plus n° 4).

PAUL VALÉRY ET L'ENFANT D'ÉLÉPHANT — FLAUBERT LE PRÉCURSEUR.

TU NE T'AIMES PAS, *roman* (Folio n° 2302).

ICI (Folio n° 2994).

LE SILENCE (Folio Théâtre n° 5).

OUVREZ (Folio n° 3294).

Bibliothèque de la Pléiade

ŒUVRES COMPLÈTES, édition sous la direction de Jean-Yves
  Tadié.

Aux Éditions de Minuit

TROPISMES, 1957. Première édition : Denoël, 1939.

Impression Bussière
à Saint-Amand (Cher),
le 4 septembre 2006.
Dépôt légal : septembre 2006.
1er dépôt légal dans la collection : janvier 1983.
Numéro d'imprimeur : 063043/1.
ISBN 2-07-037435-1./Imprimé en France.